Johnny Leggy
A literary comic

Caleb Dyonisis

Johnny Leggy

A literary comic

Roman

LE LYS BLEU
ÉDITIONS

ISBN : 979-10-377-3784-7

While this motion picture is based on real events,
certain incidents and characters are composited,
and dialog has been dramatized.

So there.

The Informant, 2009

Partie I
Johnny
La chute

01
Johnny !

« Johnny ! Youuuhouu ! Johnny ! Jooohnnyyy ! »

Les filles crient de joie et Johnny court. Les filles crient de joie et Johnny court, deux bonnes enjambées sur ses concurrents.

Les filles crient et Johnny court, dans un éclair d'adrénaline, la ligne d'arrivée : s'immobilise dans l'air.

Les filles crient et Johnny court : la ligne vibre soudain se précipite vers Johnny.

Les filles crient et Johnny crève la ligne, exulte en vainqueur.

Les cheerleaders dansent, sautent, portent, font tournoyer leurs pompons. L'heure de gloire pour Johnny.

— Mesdames, mesdemoiselles… messieurs : cette année encore, le vainqueur incontesté du 100 mètres universitaire : Jooohn… Ricooo !

Johnny court un tour pour prendre son bain de foule. De partout on l'acclame, lui salue dans le vague, son extase déjà retombe.

Il cherche du regard un ami, une groupie, la famille : trouve la foule.

Quand il revient dans les boxes, l'entraîneur, le coach lui donnent des tapes hystériques de fierté sur les épaules.

Sa serviette dégouline de sueur.

Comme il va vers les vestiaires, une fille la lui arrache et ils échangent un regard, furtif, langoureux, torride.

Johnny se sent si fier : il a encore gagné !

Deux ans maintenant que ses talents lui assurent la bourse de UCLA, sans parler du gîte et du couvert au village sportif. Le grand luxe. Sans parler des filles aussi, sans parler des copains, de l'avenir doré.

Et puis, il y a Bella, Bella… Bella ! Il se sent fou d'amour pour elle. Mais c'est un peu compliqué.

Bella est belle... Bella est bonne, Bella est forte.

Bella a un brillant avenir devant elle, de ces avenirs qui font les vraies distances dans la vie.

Lui n'est qu'un coureur, un bon coureur peut-être… Mais un coureur avant tout, un honnête joueur de football aussi, de ces étudiants honnêtes qui trouveront du travail parce qu'on leur aura accordé, honnêtement, leur licence.

La vie est si extraordinaire. Johnny sent sa poitrine gonflée d'orgueil quand il croise encore deux blondes athlétiques qui lui chatouillent le menton avec leurs pompons. Ah, les filles…

Johnny va pour ouvrir son casier quand son coach et un autre type reviennent vers lui.

— Eeeh Johnny ! c'était vraiment une très belle course ! fait le coach. T'es bon pour la finale interuniversitaire avec ça !

— Merci coach, j'ai fait de mon mieux.

— Dans la vie bonhomme, de son mieux c'est jamais assez… Qu'est-ce que tu veux faire après la fac ? demande l'autre.

— Ce bonhomme-là fera les jeux Olympiques si vous me le laissez ! plaisante le coach.

— Je vous le laisse, coach, z'en faites pas ! Mais l'avenir, mon bonhomme, l'avenir ! Tu y as déjà pensé ?

— Non… J'ai le temps, je crois.

— Eh ! Il n'est jamais trop tôt.

— Qu'est-ce que vous proposez ?

— Courir, c'est bien. Mais pour devenir un homme, rien de tel que la discipline.

— Je sais pas encore. J'ai bien envie de faire mon Droit.

— Mais après ? As-tu envie de commander ?

— C'est un vrai meneur d'hommes ! fait le coach.

— Éprouver tes propres limites, t'aimes ça, pas vrai ?

— Évidemment ! J'ai toujours été le meilleur.

— Tu sais que ton pays a besoin de toi, bonhomme ?

— Vous voulez que je serve la Patrie ?

— Y a qu'aux meilleurs qu'on demande ça, bonhomme !

— Coach, vous en pensez quoi ?

— Eh, la course : ça n'a qu'un temps, et t'aimes pas tellement la théorie, bonhomme.

— Alors que tu peux apprendre un métier, un vrai ! Plein de gars n'attendent que toi pour chef, bonhomme !

02
Johnny veut et Johnny prend

Johnny veut et Johnny prend. En général, Johnny ne pense pas tellement, tellement il veut. C'est un vrai bon garçon : honnête, franc et fort.

L'aventure ! Un peu d'exotisme dans sa vie d'étudiant fauché. Loin du snack où il travaille pour payer sa pitance, loin de la fac et tous ses fils à papa… Loin des parents qui ne comprennent pas qu'il est fait pour bien mieux et que courir ce n'est pas seulement pour draguer les filles.

Il a eu bien raison, ce type, de lui parler tout de suite de ses études. C'est important les études, et l'autre a bien compris qu'il tenait aussi à faire son Droit. Quand il reviendra, il sera un homme, un vrai. Un qui a connu le feu, la vérité de la vie, son danger, et un qui a des projets concrets plein la tête. Johnny veut tout, absolument tout. Il doit s'y démener, il y est prêt !

Les parents ne comprennent pas cet enthousiasme. Ils ont l'impression de se saigner depuis déjà si longtemps pour Johnny. Le père entre ses trois boulots, la mère avec sa couture et ses ménages. Mais il ne leur en veut pas, Johnny, il sait bien que la vie n'a jamais été facile pour eux. Au fond, il est leur seul bonheur et il leur doit bien de réussir.

Et il réussira, même s'il ne doit pas toujours les écouter. Il vient un temps dans la vie où il faut savoir n'écouter que soi, compter sur son intuition, sa bonne étoile.

S'il reste, il passera encore un été à faire la plonge dans ce snack dégueulasse. S'il reste, il passera encore un été à réviser son Droit sans grand air… Il s'accrochera, mais il s'usera à espérer, une année encore après, la reconnaissance et les fruits de ses seuls efforts.

Le sport, il le sait, ne lui apportera jamais autant de satisfaction qu'il le voudrait : c'est déjà formidable qu'il lui offre la pension universitaire. Tant qu'il court et tant qu'il gagne.

Mais il connaît aussi la chanson : qu'il arrête de gagner, rien qu'une fois, et il sera tout de suite moins intéressant pour l'université. Et il est bien renseigné, Johnny : à L.A. jamais aucun pensionnaire n'a bouclé son cursus en s'appuyant sur ses seuls talents sportifs… L'université attire surtout les athlètes pauvres pour dorer son blason d'excellence et de vivier de la jeunesse, Johnny a bien retenu ses leçons. Mais les beaux diplômés en définitive ont soit l'argent, soit les relations. Lui n'a ni l'un ni l'autre…

Sauf ce Sergent instructeur qui pour la première fois s'est intéressé vraiment à lui. Il sait parler, le bonhomme. Il va droit au but, le bonhomme, et Johnny aime ça. On ne peut pas en dire autant de ses camarades, ni autant de son père, ni du patron du snack…

En fait, rares sont les hommes qui sont vraiment comme ça. Johnny est content d'en rencontrer un, un peu aussi parce que c'est comme ça qu'il veut être : fort, franc, honnête et droit.

Les filles rigolaient encore quand Johnny a signé : « T'es chou, Johnny, on croirait presque que tu vas le faire ! », « On te préfère quand tu cours, Johnny-Johnny ! »…

Lui Johnny se marrait aussi : encore un pied de nez au conformisme de ses camarades, et ces filles avaient l'air de bien aimer. Mais le Sergent instructeur l'a fixé bien dans les yeux et lui a dit tout de go : « On va faire de toi un homme, bonhomme… ».

Le soir suivant, Bella n'a pas apprécié la nouvelle que Johnny lui a apportée : « T'es cinglé ! T'es con ! C'est du suicide ! »

— Mais j'en ai besoin pour finir mes études, il a dit.

— Quelle connerie ! Tu sais combien de types reviennent les pieds devant ?

— Je ne reviendrai pas les pieds devant…

— Tu te feras esquinter… Dans ta tête, ou dans tes tripes, Johnny…

— Mais non, je t'aime…, lui dit Johnny avec les yeux.

— Et d'abord, combien de temps ça durera ces conneries ? … Est-ce que tu as signé pour tuer des gens ?

— Non ! Je ne sais pas : six mois, c'est ce qu'on m'a dit.

Mais en vrai, le papier ne précisait rien. Entre six mois et un an, voilà ce qui est marqué. Le temps de la « mission » qui signe « l'engagement »...

Il a un peu honte, Johnny, de ne pas avoir mieux regardé, de ne pas avoir mieux relu avant de signer. Pour un apprenti avocat, ça n'est pas terrible. Alors, il se tait, se contente du moins mauvais : « Six mois, ce sera bien assez ».

— Et ils te paieront ta dernière année pour seulement six mois de vadrouille dans le désert ? Tu crois vraiment ça ?

Elle ne peut pas comprendre, Donna Bella... Depuis sa naissance, pour tout le monde, elle est un trésor. Papa est sénateur, un vieux politicien riche et con d'Alabama. Il l'a eue sur le tard, à plus de 45 ans, alors c'est sa merveille, sa petite princesse chérie, son fruit unique dans ce monde si dur... Sa mère est une ancienne reine de beauté qui n'a jamais travaillé. Elles ne s'entendent guère toutes les deux, la mère jalouse de la fraîcheur de sa fille, de sa beauté naissante qui n'a rien à lui envier... Mais c'est sa fille, et elle est si brillante : quatrième année de médecine, déjà. Et c'est la meilleure élève, la plus appliquée et, en même temps, la plus appréciée de toutes ses camarades.

Johnny lui-même a peine à comprendre quelle chance il a qu'une fille pareille s'intéresse à lui, l'insignifiant boursier. Il est honnête, volontaire et travailleur, c'est vrai. Beau gosse aussi, surtout : les filles ne manquent pas de le lui rappeler. C'est une vraie star dans le stade, avec sa vitesse et sa foulée, il en impose, même aux merdeux footeux qui tournent autour de Bella...

Mais enfin : il est fauché, Johnny, et il sait déjà que pour payer et l'appart' à Central Park, comme Bella aimerait, et le cabinet d'avocat qui va avec, il en sera déjà pour s'endetter sur cent ans au moins, quand elle n'aura qu'à demander à Papa de mettre la main à la poche...

De tels écarts coexistent entre eux, avec eux, et malgré tout leur amour, leur passion, les moments incroyables de bonheur partagés.

Cela part et cela revient. Quand ils n'y pensent pas, tout va bien, leurs vies emplies de joies estudiantines suffisent à leur faire oublier tout le sérieux de l'avenir, la vraie vie d'adulte, la réalité de l'argent…

Mais chaque fois que Johnny pense à l'argent, c'est pareil : il n'en a pas assez, jamais assez, même pour ne pas trop y penser, même pas pour en gaspiller, et quoi qu'il fasse, il n'en aura pas assez pour eux deux avant longtemps…

Cela fait, quelquefois, quelque part, que c'est foutu d'avance. Son amour à Donna, en fin de compte, est bien peu de chose à côté de toute la vie, et c'est ce que Johnny commence de croire…

Car s'il y ajoute l'aventure, cette aventure qu'il rêve de vivre : le frisson des armes, la découverte de l'étranger, le désert et la « mission »…, la mission dont lui a parlé le Sergent instructeur : sauver les populations locales de la barbarie de leurs tyrans…

« Nous incarnons la Démocratie dans le monde, merde ! » comme dit le Sergent.

… Alors, Donna, soudain, lui apparaît bien lointaine et Johnny la regarde qui le juge pleine de reproches, d'un œil sans partage qui ne peut plus le comprendre. Johnny aussi… Non plus.

Pour la première fois, elle lui semble bien ignorante, elle lui fait pitié. Oui, car c'est elle qui ne comprend pas.

Il faudra donc partir, pour lui prouver. Il reviendra, beau et fier.

03
La guerre

La guerre, partie de bière. On est seul, comme devant, et en même temps uni, unis, par la seule force de la trouille et du courage réunis, dont il faut bien se sentir béni.

Avec les gars, Johnny a éclusé des tonneaux, des barils entiers à attendre que le coup de feu soit donné. Gonflette et picole au programme. Six semaines que ça dure ! et ils crèvent de crever l'abcès. Le baptême du feu, comme tout le monde dit, comme un dépucelage : faudra bien y passer !

Les ordres, ça se donne, les ordres, ça se prend ; les ordres, ça se paie. Il sait bien ça, Flaggy comme on l'appelle, le Sergent-chef qu'a six mois de moins que Johnny, mais qu'a bien sa tête sur ses épaules comme dit le Capitaine.

Pendant qu'on vide les dernières boîtes, Johnny fait son sérieux en souriant un peu. Il pense : à la mission demain, au matériel, aux risques et à tout ce qu'on ne sait pas ou qu'on ne veut pas savoir.

Il n'y a que l'action que l'intéresse. En fait : il n'y a que l'idée de l'action qui l'intéresse.

Johnny fait corps avec sa troupe, chef en second. On est tous venus pour ça, alors en attendant on tue le temps.

On est arrivé avec nos grandes idées, nos rêves de monde moins pourri, et les plus pauvres d'abord, nous tous quelque part. Mais devant les copains et les instructeurs, on a joué les durs, alors maintenant c'est plus l'heure de se dégonfler.

Demain, on part à *Peshawar*, un grand nom de rien. Et déjà, on voit le truc comme une grande virée dans le désert, avec le sable, le vent, l'horizon sans bornes, les chameaux, les véhicules crevés, brûlés sur le bas-côté.

Quelque chose de cool. Quelque chose de lunaire, et vrai. Quelque chose à reconstruire, et d'abord à finir de défendre.

Musique au vent, drapeau au capot, on est comme on sera les champions, les sauveurs de ce monde merdique.

Quand on croise des types, on ralentit, on scrute, on arme la mitrailleuse du toit. On ne rigole pas. On contrôle les papiers, on demande où ça va, ce que ça fait, pourquoi ça le fait, si pour ça y a bien tous les papiers. On fait la police.

Mais on craint pour notre peau aussi. Faudrait être con pour pas voir que les *squelettes* nous détestent, qu'en tout cas ils se méfient de nous.

Au-devant, un camion a explosé, ça en a fait le bruit par derrière la colline, et une colonne de fumée tordue par le vent s'élève vers le ciel jaune. C'est quoi ce pays où même le ciel a la couleur du sable ? Ici, le désert donne sa couleur à tout :

c'est un pays pourri, et même si l'Histoire un jour a dit le contraire.

Le coéquipier qui se tient à la mitrailleuse se penche hors de son cagibi, pour regarder par-dessus le camion et la route encombrée des autres tanks et des voitures qui n'ont rien à faire là. Tout le monde est un peu arrêté, énervé devant ce merdier. Comment qu'on fait ?

Quand ça canarde sur la gauche. Johnny se penche pour épauler son M16, le chauffeur se replie sur son levier de vitesse en sursautant sous les balles qui entaillent les vitres blindées.

Johnny va pour mieux voir. Il est le chef d'unité, alors il doit bien repérer l'ennemi pour donner ses ordres. Quand un bruit sourd arrive du cagibi dans lequel est assis le mitrailleur.

Johnny a les oreilles qui saignent. Il n'entend plus rien, se secoue, regarde le chauffeur qui a pris un éclat dans la gorge, tremblote et pisse le sang comme de l'huile. Johnny attrape la radio : « May Day ! May Day ! On a été touché ! » Les jambes brûlées du mitrailleur s'écroulent dans un bruit de bûches sur la galerie arrière.

Les gars hurlent derrière. Fou de panique l'un d'entre eux sort et tire au hasard. Derrière une Mercedes, Johnny voit encore d'autres types qui l'alignent avec des kalachnikovs, et le gars s'effondre au bout de deux mètres, sans même avoir tourné son arme du bon côté.

Johnny entend comme un sifflement éteint, puis un flash et tout pète autour de lui.

C'est fini. Noir complet. Pire qu'un jeu vidéo. Le son tressaille, et s'éteint aussitôt.

Il ne sent plus que la fumée, la poudre, le sang chaud.

04
Saucissonné

Voilà Johnny : saucissonné. Un moignon de type, emmailloté dans un linge blanc, avec les sangles autour des cuisses et des poignets, pour pas qu'il remue trop.

Ça pue l'hôpital. Johnny, pue l'hôpital. Charcuté, découpé. Rafistolé…

Johnny sent bien qu'il lui manque quelque chose, mais comme il est dans le cirage personne n'a jugé bon de lui expliquer.

L'infirmière l'évite du regard, lui jette seulement des petits sourires blancs. Elle lui donne sa bouillie puis s'en va quand Johnny insiste avec des « S'il vous plaît, s'il vous plaît… ».

Johnny a honte, sans savoir pourquoi.

Deux fois, les toubibs sont venus et lui ont collé leurs thermomètres dans la bouche, scruté le fond de l'œil avec une lampe, et sont repartis sans rien dire, sceptiques et sourcilleux.

… Qu'est-ce qu'il a ?

Il faudra cinq jours pour qu'on lui dise enfin, mais il sait déjà depuis la veille. Johnny a bien senti le grand vide en dessous des genoux. Allez, il sait, vous ne le ferez plus marcher…

05
« Né un 4 juillet »

L’hôpital, l’avion, l’aéroport, la maison, la prison.

C’est chiant. Johnny le sait, mais il n’a guère le choix.

Et le pire c’est que désormais, tout le monde autour de lui semble penser que ce sera le cas.

Il revoit son père clopiner jusqu’à sa chambre, manquer d’entrer et s’arrêter sur le pas, déjà résigné. 16 ans qu’il a alors, Johnny, et son père menace déjà de le foutre à la porte. C’est un alcoolo’ notoire, et sa mine grise, violette, sa barbe de 10 jours, sa chemise froissée lui font pitié, au fond, à Johnny, quand il parvient à aller plus loin que le mépris, et la haine.

Mais maintenant, il ne le menace plus vraiment : s’il veut, il peut partir.

— Putain, Johnny ! il fait. Quand je te parle, tu pourrais au moins me regarder…

Il reprend son souffle trop court, ravale son crachat.

— Je suis quand même ton père, bordel de merde !

Il titube.

Sauf que maintenant Johnny en a 25, et il ne peut plus partir. Ses jambes…

Johnny se regarde et s'apitoie sur lui-même, contemple ses jambes disparues à travers la bosse que font les genoux coupés sous la couverture.

— Toujours qu't'as voulu courir, Johnny ! Tu nous prenais pour des cons, hein ? Ta mère et moi… Ben tu vois, nous… on est toujours là.

Comme tous les soirs il fait semblant de rentrer du travail qu'il a perdu voilà des mois, et comme tous les soirs il monte dans la chambre de Johnny. C'est la première chose qu'il fait, presque la seule, façon à lui de dire qu'il continue de veiller sur lui.

Johnny l'a détesté quand il est parti pour l'Université.

Puis il l'a méprisé, indifférent à ses conneries de poivrot quand sa mère insistait pour lui passer au téléphone.

Puis il l'a plus entendu pendant des mois, quand Johnny a dit qu'il voulait partir servir la Patrie. Encore un truc qu'il aurait voulu faire. Sans l'avoir jamais dit, Johnny lui avait coupé l'herbe sous le pied.

Johnny l'aime maintenant : c'est le seul qui se préoccupe de lui comme ça.

Même Maman par moments fait comme si Johnny n'était pas là. Quand elle a plus urgent à faire, ses commissions, son coiffeur.

Johnny l'aime maintenant son père, mais c'est d'un amour de dégoût, de pitié qui souffre de trop supporter.

Il l'aime de besoin d'air, d'envie de filer par la fenêtre quand il se pointe avec son air même pas suffisant, juste là, pour lui rappeler qu'il est son père.

Tous les soirs, Maman rentre du boulot, le vrai qu'elle s'est trouvée au Wal-Mart. Elle prépare le dîner et lui redescend après avoir parlé dans le vide, plus pour être là qu'autre chose, et se visse devant la télé qu'il met très fort, et Johnny reste dans sa chambre à contempler la fenêtre, les cyprès usés sur la pelouse du jardin, la rue avec ses clôtures, l'ennui sage et mort des banlieues.

Personne ne vient le chercher jusque vers 9 heures, et Maman monte sans dire un mot, ouvre la porte qui baille déjà, Johnny ne prend même plus la peine de la fermer depuis que Papa fait son manège.

Elle s'assit un moment sur le lit et pose le plateau sur la couverture. Elle a un air triste et lointain, regarde Johnny en cherchant le petit garçon qu'elle a aimé autrefois. Puis elle voit les roues du fauteuil, la couverture, toute la paralysie et fronce, lentement, très tristement les sourcils, pleins de malheur.

Papa arrive et remet ça.

— Putain, pour ce qu'on t'héberge tu pourrais au moins sourire à ta mère ! T'as plus 15 ans…

Elle ne parle pas, que très peu, et finalement Papa est la seule voix amicale que Johnny entend de la journée.

— Laisse Bob, elle fait, ce n'est pas sa faute. Le p'tit n'y est pour rien, tout ce malheur qu'il y a dans le monde… Tout ce malheur qui lui est tombé dessus.

— C'est vrai, fait le père, j'aurais dû me douter p'tit, qu't'avais pas les épaules pour ces conneries. Moi, j'les avais pas.

— Laissez-moi tranquille, soupire tristement Johnny.

Il n'arrive même plus à pleurer.

— C'est vrai, reprend la mère, tu as besoin de te reposer.

Ils ressortent ensemble et Johnny fait mine de s'intéresser à son dîner, une soupe épaisse pour petit vieux, un croûton de pain triste, déjà rassis.

— Au moins, j'ai toujours mes jambes, fait encore le père à la mère dans le couloir.

— Oui, elle fait. Toi tu as tes jambes. Le p'tit c'est pas pareil, il a jamais su faire attention.

— Qu'est-ce qu'on y peut, s'il a jamais eu de tête…

Et ça dure encore dans le couloir, des minutes et des minutes pour ces fous perdus qui ne savent plus où aller, que de réfléchir sans fond sur le malheur de leur maison, perdus entre la chambre et l'escalier. Monter dormir ? Descendre ruminer ? Assumer ce qu'on ne sait même pas dire.

Ainsi, Johnny partage leur sort depuis des mois, malheureux et cinglés, au bout du rouleau, vides, paresseux sous couvert d'être trop vieux, à faire semblant de l'aimer encore et de veiller sur lui.

Mais Johnny sait bien qu'ils ne l'aiment plus : c'est le petit garçon qu'ils cherchent en lui. Ils y arrivent parfois, pour les quelques secondes où la vie semble normale, comme autrefois.

Le temps est une chape qui s'abat sur le dos de tout un chacun, ils ont beau y faire, avoir même récupéré Johnny de la guerre, le temps colle à leurs épaules qui pèse comme un coffre qui a pourri, et les rares secondes de passé retrouvé répandent sur la lumière grise de la maison, petite mais trop grande, le mirage d'une enfance qui courait jadis dans les couloirs, sur le porche, sous les arbres du jardin.

Par moments, il lui semble entendre rire, et Johnny regarde par la porte de la cuisine, vers le recoin de l'entrée, attendant l'enfant qui va passer, un ancien copain, un camarade… lui ? Cela passe comme une illusion fugace, une idée qui n'est pas née, et l'horloge de la salle à manger tinte à pleurer, rappelle qu'il est 16 heures, la sortie des classes, le car scolaire et les derniers enfants qui viennent de passer. Aussitôt sur la maison de nouveau s'abat la pesanteur.

A-t-on seulement jamais été heureux ici ? Si jadis Johnny est parti, c'est bien qu'il y avait déjà un souci. Mais père et mère sont à ce point appliqués à lui remémorer le passé, à tout briquer sous ses pieds qu'ici-bas tous se persuadent, et Johnny avec eux qu'autrefois était un âge d'or, et qu'il a vraiment tout bousillé.

Alors on l'aime, on le traite plus que de raison, tel un affamé, un malade doté d'un droit absolu de vivre, n'évoquant jamais l'idée qu'il est ici pour de bon inutile.

Johnny étouffe. D'un sentiment qui est déjà éteint. C'est un peu comme contempler qu'on est déjà mort, noyé, voir à jamais s'éloigner le quai et s'interroger, sur l'envie ou non de respirer.

06
L'armée comme retour en grâce

Mais il faut bien vivre, et Johnny décide de réagir. Il n'a que 25 ans, merde !

Johnny ne veut pas mourir ainsi, il ne peut pas ! à petit feu, s'éloigner trop loin de la gloire et loin de ses rêves. Johnny ne peut pas se résigner.

L'Université est loin, qui l'a déjà oublié. On ne reprend pas un coureur vedette, qui ne peut plus courir. Surtout quand il n'a pas d'argent à apporter. Les études ? Johnny n'était pas assez brillant il faut croire, pour mériter qu'on le reprenne, ne serait-ce que dans la même année. Son talent était ailleurs, et il s'est envolé.

Ne reste bien que l'Armée, qui l'a mis dans cet état, mais que désormais ses parents détestent plus que tout. Déjà avant, ils ne l'aimaient pas beaucoup…

Un soir, Johnny fait un saut, enfin si l'on peut dire : Johnny roule, Johnny clopine, vaille que vaille avec son fauteuil jusqu'à l'antenne relais des vétérans. Ici non plus, il n'a pas laissé un souvenir immuable, mais Johnny comprend vite que c'est le cas de tout le monde.

Les permanents sont des valides, ou des handicapés légers, un œil, une joue, un bras, rien qui les empêche de continuer.

On n'a pas besoin de coléreux on explique à Johnny, mais de toutes les bonnes volontés du monde. Partir et revenir font partie du risque du métier. Tu le savais quand tu as signé.

Un adjudant-chef le prend à part : il a à peu près son âge, aime le Football, et Johnny lui rappelle quelqu'un comme il lui raconte.

Un chef d'équipe s'est barré et ils n'ont plus de nouvelles. Il faisait quoi ? Il entraînait l'équipe locale de Basket-ball. Un peu…

— Dis petit, tu aimes le Basket-ball ?

Le type parle à Johnny comme à un bleu, cela ne le change plus beaucoup.

Johnny a joué un peu au Basket, c'est vrai. Il connaît les règles, le doigté. Mais c'était quand il était valide, et au Lycée.

Ce n'est pas dur il fait, le Basket. Tout dans les bras, bonhomme : tu as les tiens, tu ne peux pas avoir oublié.

Son ton et sa franche assurance rappellent à Johnny ses classes : encore une fois, il est tenté. Le soir même Johnny dispute une partie, et il est surpris de voir qu'il y a les mêmes réflexes qu'au Football, et qu'avant, quand il faisait du sport.

Johnny dribble, Johnny lance, esquive, ramasse. Inépuisable. C'est comme si son ventre avait gardé toute l'énergie qui ne demandait qu'à ressortir.

C'est entendu, Johnny sera attaquant dans l'équipe. On a besoin de types comme lui, courageux, qui ne laissent jamais tomber !

Et puis il a de bons bras, Johnny. Regardez comme il manipule son fauteuil d'une main, et la balle de l'autre ! La chaise adaptée qu'on lui prête est légère, aérienne, parfaite.

Johnny ne comprend pas tout mais très vite il y prend goût, et reprend ses marques.

Valide ou handicapé, un homme est un homme : il a sa dignité. Et les invalides de guerre ont tellement de choses à prouver.

Les semaines passent, et sans se vanter Johnny est devenu un vrai crac. 15 paniers à 1 contre les valides du centre une fois. Et ses bras aussi ont gonflé. Avant Johnny était déjà bien musclé c'est vrai, mais maintenant il doit carrément changer de taille de chemise. Il virevolte d'une main avec le fauteuil, lance droit au panier de l'autre bout du terrain. Si le Basket en fauteuil roulant était discipline paralympique, Johnny s'y verrait déjà. Un jour peut-être, opine l'adjudant-chef.

Et puis l'armée sait soigner ses rejetons. Johnny a droit à de nouvelles visites médicales, avec des médecins spécialisés. Un truc qu'on peut avoir que revenu à la vie civile, un truc qu'on pouvait pas avoir sous une tente d'urgence dans le désert.

Ses jambes, elles, sont perdues bien sûr. Le médecin-major, vétéran bénévole valide, chirurgien plastique dans le civil, en rigole sans gêne : « Éclatées, explosées ! Éparpillées en mille morceaux sur le sable dégueulasse de ce pays de merde, mon gars ! Tu pourrais même pas reconstituer la moitié des éclats d'os si on te les mettait entre les mains. Je l'ai vu, mon gars :

du hachis de poulet ! C'est parti, c'est fini ! T'es cul de jatte, mon gars, faut t'y faire et arrêter de pleurer ! Et puis quelque part, c'est bien fait : regarde le bonhomme que t'es maintenant ! T'es un vrai, un dur, un qui s'accroche, à ton fusil ou aux roues de ton fauteuil, c'est s'accrocher qui compte dans la vie ! et jamais lâcher ! jamais abandonner ! même un p'tit moment, jamais baisser les bras ! Jamais ! Tes bras tu les as encore. T'aurais pu aussi perdre ta p'tite gueule d'amour... »

Bla, bla... bla. Au bout d'un moment, le médecin-major comprend que son numéro tourne en rond, la thérapie de choc, toutes ces conneries qu'on enseigne à l'armée, on est pas des chochottes, on est des hommes !

Comme Johnny se désintéresse de sa bonne morale, tout de go le médecin lui lâche que marcher c'est toujours possible : mais seulement pour ceux qui veulent...

Johnny croit que le toubib déconne, le regarde de travers.

— Des cannes en fer, tu y as pensé ?

— C'est le genre de truc où j'aurais l'air encore plus con, fait Johnny fâché, et je sais de quoi je parle : j'ai été premier sprinter universitaire !

— Évidemment, t'auras plus des gambettes de gazelle, tu grimperas plus la grosse comme avant... Tu te feras balader par les petits enfants... Mais tu seras debout mon gars.

Y a pas de secret : ce genre de truc c'est pour les gens qu'en veulent. Vraiment.

On t'a bien vu, quand t'es revenu comme un con dans ton sac à viande : t'en voulais pas. T'en revenais pas, d'en être arrivé là. Tu faisais que pleurer, et pisser dans ton lit.

Mais maintenant que tu te bats, maintenant que tu tiens tête aux valides avec ton fauteuil et ton ballon, maintenant que les gars te font confiance, maintenant que tu sais un peu mieux où t'en es : ça peut s'essayer.

On prend à Johnny rendez-vous dans une clinique privée, une crèche pour hauts gradés qui font des dépressions, pour trouillards de la guerre qu'on n'arrive pas à soigner, pour quelques gueules cassées aussi, pour des trucs sales et graves, tout ce que l'armée se décide à colmater à grands frais, que c'est son image qui est en cause y paraît.

Deux infirmières et un vieux toubib présentent à Johnny des guibolles en aluminium trempées, austères, et vachement grandes dès le début quand il les essaie. Le summum, que ça n'en a pas l'air. Léger et costaud à la fois. Mais va falloir le mériter, ça on le lui dira jamais assez.

La longueur, la taille c'est une conséquence inattendue du trop longtemps resté assis entre des roues trop basses. Même aux plus grands ça leur fait ça.

Combien qu'il faisait avant de les perdre ses guibolles, Johnny ? 1 mètre 88… et quelques. Il pouvait se permettre de regarder le monde de haut, Johnny.

À peu de choses près, ce sera pareil : 89, 90, un peu plus, un peu moins, il sera plus à quelques centimètres près, de toute façon ce sera pas vraiment les siens.

Johnny s'entraîne comme un dingue sur les guibolles et les barrières du petit couloir qu'il doit franchir tous les jours pour vraiment progresser. Rapidement, il se rappelle que ses cuisses étaient de vrais engins de chantier, qu'au Football il en avait cogné plus d'un avec le genou, bien en dessous, et que si ses mollets étaient légers comme des plumes, la puissance de ce qui lui reste de jambes, ses moignons, bosselés, déformés, mais musclés, devraient revenir peu à peu à la vie.

En parallèle, Johnny fait des pompes, des tractions. Il cambre comme un malade pendant des heures pour redonner à ses fesses, à tout ce qui lui reste en dessous de la ceinture, le maximum de force pour le porter…

Et, petit à petit, cela revient. Un jour, Johnny parvient à faire tout le couloir de trois mètres, en s'appuyant sur chaque prothèse de pied, et même s'il volette un peu avec les bras pour s'équilibrer.

Puis avec l'équilibre, Johnny joue sur la hauteur que lui apportent ces trucs. Il s'applique à des pas plus amples et posés, calmes. Et bientôt, il peut se contenter d'une canne, pour trois pas puis, jusqu'à la chaise de sa chambre, il atteint la fenêtre enfin, il sort dans le couloir de la clinique, et s'assied sur le banc du hall d'entrée, qu'il a choisi en revenant du parc.

Au bout de six mois peut-être Johnny commence à regarder le monde de nouveau de haut. Il commence à revivre.

Évidemment, c'est pas encore ça, lui redira le médecin plus tard, ça le sera plus jamais vraiment. Il lui faudra toujours un fauteuil et des roulettes pour être tranquille, se poser, se déplacer sûrement, et entraîner ses bras à le pousser, parce que maintenant qu'il n'a plus ses jambes il lui restera toujours ses bras.

Compte-là-dessus, dit Johnny en lui-même au médecin, et arrête de rêver au membre fantôme.

Mais c'est déjà ça. Le membre fantôme, faut pas y penser, se redit Johnny. Faut le chasser de ton esprit quand tu y penses, même en rêve. Sinon il te hantera toujours. Sinon tu seras pour de bon un handicapé.

À la maison, tout ça passe mal… Penser que Johnny retourne voir les militaires, eux qui l'ont brisé, arraché ses jambes, foutu sa vie, ses chères études en l'air, c'est un truc que les parents ne peuvent pas entendre ! Ils regardent Johnny faire ses petits progrès qu'ils jugent ridicules, sans rien dire, sans jamais le soutenir, presque à attendre que Johnny tombe dans la cuisine pour mieux venir le ramasser. Ils en ont eu l'occasion, deux fois.

Son fauteuil les dérange encore : il prend trop de place, même replié râle Papa, dans l'entrée, dans le couloir pour aller à la chambre, sous le porche de la maison. Mais ce n'est pas grave, au fond on ne se parle plus du tout. Maman ne dit absolument plus rien, murmure juste au père, qui la comprend, peut-être pas. On n'échange plus que des regards en coin, des soupirs, des souffles d'impatience, de lassitude. Au moins, Johnny imagine qu'il sortira chaque jour, et qu'il les emmerdera moins. Alors petit à petit il reprend goût à l'extérieur.

Partie II
Barnum
La résurrection

07
Barnum
Le cirque

Quand on s'emmerde, rien de mieux que de revoir les vieux copains.

Mais pour Johnny, évidemment, cela faisait un bon moment qu'il avait perdu tout le monde de vue. Et puis, avec Bella qu'il avait laissée tomber pour l'armée et qui lui en voulait peut-être encore, il se voyait mal rabibocher leurs amis communs.

Ne restait en fait plus que Josh. Son vieux pote Josh comme il l'avait laissé. Lui et lui ça avait été à la vie, à la mort, aux chambrées de l'Université d'abord.

On se chamaillait, on se respectait, simplement on ne croyait pas aux mêmes trucs.

Surtout, il n'y avait jamais eu de fille entre eux. Alors : pourquoi pas ?

Johnny a appelé donc, à la seule adresse qu'il connaissait : chez son père. Le paternel était mort depuis quelque temps, un an ou deux. Johnny espérait que Josh aurait fait du chemin.

Et Johnny n'a pas été déçu. Quand il l'a revu, Josh n'a pas mis longtemps avant de le réchauffer. Assurément, il était bien content de le retrouver. Comme à l'ancienne. On aurait dit qu'ils s'étaient quittés la veille.

Ils avaient des tas de choses à se raconter, Josh disait. Et pour commencer : l'état de Johnny ne le dérangeait pas, il s'en trouvait même le premier étonné.

« Toi au moins t'as pris le taureau par les cornes », qu'il dit.

« Le feu, toi tu sais ce que c'est. »

— On m'avait dit que tu avais perdu tes deux jambes à la guerre, mais je vois que tu marches ! Quelle chance ! Ce n'était pas si grave alors…

Johnny essaie de lui expliquer. Mais comme jadis, déjà parti dans son élan, Josh ne l'écoute pas, et tente de ramener la conversation.

— Ce sont des séquelles… cérébrales, c'est ça ?

Avec sa canne, Johnny soulève la jambe de son pantalon, lui montre la tige métallique.

— Wahou…

Silence. Johnny va pour trouver ça trop pesant, mais Josh l'arrête de nouveau.

— Ça le fait, quand même…, opine Josh dans un demi-sourire, ancienne vanne de chambrées… T'es pas trop emmerdé au quotidien ?

— On fait aller, dit Johnny. Mais je pousse mon fauteuil roulant aussi, souvent. Je fais pas mal de Basket dans un club de vétérans.

— Pas mal. Fais voir tes bras ?

Il tâte et salue le biceps imposant.

— Ça déconne pas !

— À ce que tu peux en voir, fait Johnny simplement.

— J'étais en train de penser… Déjà, avant de te revoir, je me disais : comme je savais pas trop dans quel état tu serais…

— Tu pensais à quoi ?

— J'ai quelqu'un à qui j'aimerais te présenter. Je crois que vous serez tous deux intéressés, en fait.

— C'est quoi ?

— Un type incroyable, tu vas voir.

Il ne veut pas en dire plus et Johnny se laisse embarquer. Après tout, il n'a rien de mieux que tout son temps. Pour ça, la petite pension d'invalidité a du bon. Ce soir, il y aura bien la partie de Basket, mais Johnny n'a pas prévu d'y être avant 8 heures.

Ils marchent à son allure de boiteux et pendant ce temps Josh explique tout ce qu'il a fait depuis leur sortie de l'Université. De grandes choses assurément.

Bien qu'inscrits dans la même année, Johnny n'a pas eu le temps de finir son Droit. Josh lui s'y est attelé tant bien que mal, mais n'y a pas trouvé grand intérêt. Il a son diplôme, c'est déjà ça.

Mais surtout, son père lui a donné de quoi démarrer. Alors en bon investisseur, il a découvert quelques filons novateurs. Et s'est entiché d'un associé. En la personne du Docteur : soi-même ainsi nommé, Sir Phineas Taylor Barnum.

Au bout d'une heure de marche à causer, ils se retrouvent dans un café branché de L.A. L'endroit rappelle à Johnny les clubs d'étudiants fortunés de leurs belles années. Et d'eux trois seul Josh, son grand ami Josh le si bien né, paraît totalement bien placé. Parce que le Docteur, puisqu'il convient de l'appeler ainsi, paraît tout autant que Johnny : pauvre et décalé.

Sa vieille redingote rouge mode Renaissance laisse deviner son bide à bière, ses boutons de bretelles rendent un cuivre sale sur le bleu de sa culotte, ample, énorme, remontée aux chevilles sous de grosses chaussettes grises, comme un petit garçon.

Un instant, Johnny pense que son ami Josh s'est laissé berner par quelque clochard élégant, mais l'autre n'est pas désagréable, quand son regard perce avec sa voix par-delà sa barbe de trois jours.

« Qu'importe ? », ainsi va l'impression, comme une voix qui porte à l'oreille de Johnny. Beaucoup plus âgé que Josh et Johnny, Barnum se présente comme un homme d'expérience, un homme d'affaires avisé et un découvreur de talents.

C'est un colosse aussi, bien plus grand que Josh, et sans doute au moins aussi grand que ne l'avait été Johnny. Le teint rouge et un nez aviné ? il porte une vraie mine bouffie de bon vivant, quelque chose de jovial et d'entraînant. Il est pour de bon impressionnant.

Les observant assis ensemble, il leur jette à tous deux un regard compatissant et envieux de celui qui sait avant vous ce qu'il peut faire de vous, comme un professeur avec ses écoliers, et leur donne tout au long de l'entrevue tous les gages paternels et rassurants qu'un jeune homme bien né comme Josh, argenté mais encore hésitant, peut attendre d'un mentor dans ce vaste monde.

Pour sa part, Johnny le pouilleux reste interloqué. Malgré sa dégaine de vieil escroc, il lui en impose ce « Barnum », qui sait parler haut et fort de tous ses bienfaits.

— Ah ! Ce monde n'est guère généreux avec la différence..., lance-t-il en avisant les moignons de Johnny à travers la toile du pantalon.

Josh aperçoit la grimace que fait Johnny.

— Ne t'inquiètes pas mon vieux, je lui ai déjà parlé de tes petits problèmes. Tu sais, on peut vraiment faire quelque chose pour toi.

Johnny était déjà très étonné.

— La technologie est une bonne chose, renchérit Barnum. C'est la science appliquée, quoi... Mais sans la volonté... point de magie !

— De la magie, que voulez-vous dire ?

— Le rêve, mon jeune ami, le rêve ! Il n'y a plus que le rêve à offrir au public, dans l'état où vous êtes.

— Dans l'état où je suis ?

— Oui ! Allez... Trêve de faux semblants. Vous êtes diminué, affaibli, amoindri... Racorni si vous préférez. Les gens, le public savent toutes ces différences qu'il y a désormais entre eux et vous. Cela les fascine, et les horrifie en même temps : pensez-vous, perdre ses guibolles dans un grand Boum : quelle horreûrrr !

— Pardon. J'étais parti mon servir mon pays...

— Oui, oui. Ça, ou autre chose. C'est un bon argument commercial en tout cas : le sacrifice aux justes causes !

— Et vous croyez que je n'en souffre pas assez comme ça ?

— Eh bien, en vérité : non, pas encore assez... Manifestement.

— Laisse-le dire son idée, mon vieux, glisse Josh. Laisse-le dire.

— Il faut savoir ce qu'on souffre pour vraiment s'en sortir. Pour le moment, arrêtez-moi si je me trompe, mais vous vous lamentez encore un peu sur vous-même.

— Et à quoi vous voyez ça ?

— Je ne veux que votre bien, mon jeune ami. Et votre ami qui est là, ce très cher et très dévoué Josh, m'a également parlé des difficultés que vous rencontriez, dans votre réadaptation…

— Que pourriez-vous pour moi, de toute façon ?

— Beaucoup, mon ami, beaucoup !

— Mais encore ?

— Je pourrais commencer par vous donner une place dans mon spectacle… Dans Notre spectacle !

— Le cirque, Johnny ! Le cirque ! Penses-y, tous les jours sur la route et plus rien ni personne pour se moquer de toi ! Rien que le spectacle, et les applaudissements tous les soirs. Pour toi !

— Et tous nos autres associés du spectacle, évidemment. Nous sommes une grande famille, vous savez ? Josh que voici nous a rejoints il y a peu, et avec son aide et avec son soutien financier, gageons que d'ici très peu nous rentrerons dans nos investissements ! Déjà, nos représentations à Chicago et à Détroit sont un triomphe !

— Je vois, dit Johnny un peu déçu. Vous jetez des monstres en pâture à la curiosité humaine…

— Mais pas du tout, pas du tout ! Nous donnons à voir du merveilleux ! Nous vendons du rêve au commun des mortels, comprenez-vous ?

— Et pour offrir ce rêve, rien de mieux que l'extraordinaire…, finit Josh à sa place.

— Bien vrai, mon jeune ami ! Rejoignez-nous, et vous verrez.

L'enthousiasme de Johnny retombe comme un soufflet.

Assez vite, il les laisse, tous les deux, s'éloigner vers leur nuit commune. Dans un demi-sourire, Barnum n'insiste pas et le laisse tranquille. De cela, un léger doute devait s'installer.

Juste au dernier moment, Josh attrape le bras de Johnny et glisse deux billets dans sa main : « Si t'as quelqu'un, mon vieux. On ne sait jamais… », ajoute-t-il. « Tu viendras nous voir ! » Et ils partent.

***

Comme tous les cirques, Barnum's & Bailey tapissait des hectares de terrain sale en bordure de sa dernière escale.

Un cirque n'est jamais là, mais quand il est là, c'est toujours comme à un terminus : l'impression d'une éternité éphémère. Celui-ci, particulièrement.

Ici Venice, dorée et chaude des embruns de l'océan bleu. Là le dôme et ses tentures, couleurs criardes, joyeuses, laides et sales, qui par derrière grisent comme des tripes laissées à sécher sur le bord de la grand-route.

À l'entrée, des ouvreuses obèses et embarrassées dans des strasses de majorettes se passent les clients avec des voix éraillées de vieilles clopeuses.

Ça rigole et ça rembarre les resquilleurs, la petite racaille, les hommes louches, les enfants mal accompagnés. Loin sur les côtés, des roulottes fatiguées s'activent de divers tintamarres de marteaux, de fouets, de cris d'animaux.

Les gens s'empressent par le grand rideau, mus par une curiosité impérieuse. Une musique inarticulée commence en fanfare puis s'éteint dans des asphyxies de trompettistes.

« Ça, la grande chose… », se dit Johnny en approchant à son tour de l'entrée.

Ce vagabondage de saltimbanques a tout de la misère, et un peu du malhonnête, du vol à l'étalage, tout ce qu'il faut d'horrible et beau pour se donner l'envie d'aller voir des monstres.

Barnum ne s'en était pas caché : « Le Prodige est à la Vie son vrai Piment. »

Et l'intérieur n'est pas en reste. Comme on passe sous un portique pour être dirigé vers des travées de sièges en bois, on s'aperçoit que les montants sont en fait les jambes d'un homme immense, mais réel, tant ses mains et sa face extraordinaires grimacent par-dessus les têtes des enfants épouvantés. Autour du cou il porte comme en fardeau un grand panneau qui annonce : « Fil de Fer, l'Atlas des grands Mystères ».

La musique discordante couvre les cris d'étonnement, sous un tintamarre qui rend hagardes les oreilles comme on s'éloigne du géant, et bientôt mal assis on se sent tout étourdi par les ondes folles qui débordent de partout, des clowns à demi saouls qui déboulent sur la piste, des chevaux qui entrent au hasard, se cabrent devant une autre bête aussi perdue, un singe, un chien, reculent sous les coups de fouet et disparaissent sous des hourras invisibles à l'autre bout de la piste.

À l'inconfort s'ajoute l'atmosphère de poussière, tombée des tentures et des cordages, qui pique aux yeux et rend bienvenues les allées et venues ininterrompues des ouvreuses, qui distribuent à la criée qui veut boissons, bonbons, chocolats… Elles rient comme de vieilles alcooliques et les parents paient les friandises avec une grimace de dégoût. Les enfants rient aussi, cependant interdits de stupeur et d'étonnement.

Soudain l'obscurité complète. Les trompettes, tonitruantes, puis la lumière.

Barnum se présente sur la piste. Il est accompagné par un phénoménal levé de tambours, de petits cris qui s'échappent de l'auditoire pour se taire aussitôt.

« Mes Amis ! Les petits, les enfants ! Les grands aussi ! »

Des voix d'enfants commentent, indistinctes et éparpillées dans les milliers de flashs des gradins.

« Que ne vous ai-je pas revus depuis mon autre vie… »

La lumière des projecteurs s'effondre sur lui et c'est le noir complet partout ailleurs.

« … Mais sans cette blessure… »

Dans le rond de lumière décroissant, on ne voit plus que son pied, la cheville d'une étonnante épaisseur, bien raide.

« … Sans cette blessure ! »

La lumière revient et l'on voit Barnum les bras au ciel, un fouet à la main, et dans son dos un lion, un énorme lion, assis sur un grand tabouret peint en rouge avec des étoiles dorées.

Tout le monde voit le lion observer Barnum et pointer le museau vers lui.

« Sans cette blessure, nous ne serions pas là… à nous amuser tous ensemble ! »

Ce faisant, il se retourne et assène une série de coups de fouet frénétiques au lion qui se contente d'un bond de côté et s'écroule maladroitement au pied du tabouret.

La foule explose de rire. Barnum s'acharne sur le fauve et l'animal rebondit à quelques mètres, avant de se coucher sur le flanc et de lécher sa patte endolorie.

« Pas si vite, Monstre ! » crie Barnum. La foule rit encore.

« Tu pourrais au moins ne pas rater ce numéro ! »

La foule rit, plus éparpillée, interrogative.

« Quand tu manges quelqu'un, mange-le bien ! »

Il lui redonne des coups plus lâches, lui agaçant les moustaches avec la pointe en roseau de son fouet.

Le lion s'en saisit et la mordille comme un petit chat.

« Il y a si longtemps que l'esprit du grand Cirque t'a vaincu ! »

Il lance les bras à la foule et tourne un peu sur lui-même. La salle démarre les applaudissements.

« Mesdames, Mesdemoiselles, Messieurs ! Jeunes gens ! Le Cirque Barnum… Pour vous… Servirrr ! »

Le lion se redresse et d'un pas tranquille s'en va dans les coulisses, suivi de Barnum.

Puis trompettes, tambours, trompettes, si étourdissants qu'on n'en distingue plus les instruments.

Quatre chevaux magnifiques entrent alignés comme tirant quelque char invisible. À leur suite arrivent des femmes collées qui donnent tout l'air de galoper à trois jambes jusqu'au centre de la piste. Les chevaux décrivent encore deux tours puis s'éloignent les uns des autres, s'immobilisent aux quatre coins de la piste, face aux spectateurs.

Ce ne sont pas des étalons mais des licornes. À côté des deux femmes collées, l'on voit bien que ces bêtes sont plus sveltes, plus légères, plus aériennes que n'importe quel cheval ou poney. Ce sont presque des biches… Cette légèreté fait toute leur étrangeté, tandis que leurs cornes d'or scintillent, comme réelles. On n'a jamais vu étalon aussi gracile et cependant aussi bien proportionné.

Soudain, un spectateur trop curieux tente de toucher la corne que l'animal pointe devant lui et la bête se cabre de peur, mais produit un hennissement si léger qu'on l'entend à peine par-dessus le tintamarre des trompettes qui redémarre. Dressé sur ses pattes arrière, l'animal paraît aussi petit qu'un homme. Il a quelque chose de doux, de mignon et les enfants font des « Ha ! » devant cette robe d'un blanc parfait et cette corne qui s'irise soudain de paillettes et de violet.

L'animal sautille de côté puis disparaît derrière le rideau, abandonnant le spectacle. Les femmes à trois jambes plaisantent avec la « cinquième roue du carrosse », puis hissent un pied sur chaque animal restant. Décrivent des pirouettes, des marches arrière, des sauts périlleux au-dessus des licornes sages et bien dressées. Enfin, une des femmes siffle, et la licorne qui avait disparu s'élance au milieu de la piste et vient planter sa corne dans l'entrejambe commun.

Les femmes poussent des cris d'étonnement, se pâment, lancent des bras suppliant au ciel, avec une évidente sensualité. Soudain, elles se raidissent et dans un long tremblement, commencent de se séparer. Celle qui avait sifflé tombe de côté et se rattrape, parfaitement assise avec deux jambes sur la petite jument qui maintenant la remporte en secouant la crinière. La seconde fait de même, symétriquement opposée.

Le silence fait place à un tonnerre d'applaudissements. Trompettes, rideau.

Tout le reste du spectacle, d'une durée proprement soporifique et interminable, se poursuit avec la même bizarrerie féerique.

Fatigué par ses jambes, Johnny s'assoupit et contemple, hagard comme un bébé éreinté, les acrobaties, les arrivées surprenantes d'animaux magiques qui obéissent puis s'échappent avec des réactions humaines. Là, des trapézistes sont sauvés par des singes volants, mais qui finissent par les prendre pour des bananes et se les lancent avant de les éplucher, pour les serrer bien fort dans leurs bras velus et s'en aller amoureux. Dans une cage aux tigres, des panthères changent de tâches comme les projecteurs jettent des ombres sur les barreaux, semblent s'en échapper, lancent des points noirs et des touches de lumière sur toute la salle, clignotent, font danser des couleurs, rose bleu jaune vert rouge, jaune, dans des irisations qui donnent aux fourrures des fauves une épaisseur d'hiver, une douceur de nounours.

Un petit éléphant vole avec ses oreilles, tandis qu'un autre plus gros se saoule avec une immense bouteille de vin, qui le rend rose et bientôt un clown multicolore arrive pour faire de grosses bulles, d'un bleu si profond que le mastodonte grimpe dessus et s'envole littéralement au-dessus de la scène, disparaît par le faîte du chapiteau.

La foule est subjuguée et alterne de grands moments de silence hébété, avec la joie, les rires, les cris quand un homme sans bras grimpe à une corde tel un serpent, pour faire redescendre l'éléphant au-dessus duquel continue de voleter le pygmée, rose et rouge des vapeurs d'alcool que la trompe du plus grand lui a fait renifler.

Le serpent disparaît et le sol brun s'ébroue comme l'éléphant pose le pied par terre. Le terrain frémit longtemps. La foule, hésitante, puis hagarde, croit presque à un véritable tremblement de terre, quand le sable disparaît sous une vallée et des collines verdoyantes qui poussent pour laisser place à un décor champêtre. Quelques arbres, un pommier à fruits rouges, de petits buissons descendent du ciel pendus par des filins argentés, et deux nains apparaissent qui se courent l'un après l'autre, une charmante lilliputienne aux boucles d'or, et un sémillant prétendant doté d'un couvre-chef de grand sire. Ils se pourchassent, batifolent dans les feuillages des arbres, les envols de papillons roses, un petit champ de pâquerettes, manquent de se faire tomber à l'eau, les pieds trempés sur le rebord d'un petit lac, et soudain le ciel coulisse qui devient bleu nuit, seulement éclairé par un clair de lune et quelques belles étoiles.

Un hululement de loup et les deux petits êtres se serrent apeurés, s'en vont s'abriter dans leur logis, une charmante petite fermette au milieu de tout ce décor, dont on voit bientôt la fumée sortir par la cheminée.

Une grande ombre passe en bondissant devant leurs fenêtres éclairées. Leurs voix aigrelettes, amplifiées par des haut-parleurs expriment toute l'inquiétude qu'ils ont du dehors, de la nuit et des loups-garous. Puis ils se consolent et s'endorment. Quelques instants après, l'aube se lève et le petit bûcheron sort de sa maisonnette, la hache sur l'épaule, s'en va couper du bois tandis que sa compagne se saisit d'un panier pour donner du grain aux poules.

Ils vaquent et le bûcheron découvre une femme d'une taille extraordinaire allongée nue sous les arbres, entre les herbes. Il l'invite à son logis et deviennent tous trois très amis. Mais la grande dame leur avoue la terrible malédiction qui pèse sur elle. C'est tout un discours sur le droit à la différence, et au pouvoir suprême de l'entraide. Ils se rendent alors ensemble au sommet de la plus haute des collines, où les attend un autel dressé à la Déesse Mère. Sur la grande pierre, la femme s'allonge tandis que les deux lilliputiens dansent sur elle. Progressivement, ils s'ébattent et pendant un bon moment nombre d'interrogations se lèvent dans la salle pour espérer le rappel.

Puis la grande femme se tapisse de poils… D'une façon qui paraît tout à la fois magique et indiciblement vraie. Les deux autres n'y prêtent guère attention et se mettent en devoir de danser encore autour de la stèle. Mais la louve qui se lève maintenant, soudain les attrape et les surprend en pleine extase.

Tout le monde hésite pendant un instant. Puis elle les repose et se love autour du couple. De tout ce pelage brun éclot une espèce d'œuf mordoré. L'œuf énorme se craquelle et une grosse tête ronde chapeautée de coquille en sort, puis deux bras, deux jambes. L'œuf bondit et c'est gros Coco qui maintenant se met à danser sur la stèle. La louve et les lilliputiens ont disparu.

Le sol frémit encore, puis l'autel et la colline s'enfoncent dans le sol. Gros Coco s'en va se cacher dans les arbres. Pendant quelques secondes passent en chœur les Quatre Saisons de Vivaldi et des nuées ahurissantes de papillons bleus et de feuilles roses.

Dans une espèce de tourbillon le chapiteau en est rempli qui bientôt devient tout rose à son tour, et les projecteurs lancent des irisations d'or qui s'emballent pour monter en cercles concentriques vers le ciel.

Rideau.

Sous un brouhaha de babillages enfantins, les gradins du grand cirque se vident maintenant, puis les projecteurs s'éteignent. On sent une relâche profonde dans la fosse, comme une tension animale qui se disperse.

Des ouvriers sifflent et c'est un tout autre manège qui se met en place, éclairagistes et gros œuvres. Le visiteur n'est plus à la lumière.

Johnny aperçoit les derniers artistes qui s'attardent dans leurs costumes. Il attend un peu puis se penche en avant.

Josh l'aperçoit et lui fait signe de le rejoindre sur la piste.

Mais c'est un endroit très étrange : le sol est moelleux, une herbe d'aspect curieusement doux, on dirait une fourrure légère, une mousse. C'est bosselé aussi, il y a comme des planches courbes et irrégulières par en dessous.

À seulement quelques mètres de Josh qui est en train de discuter avec gros Coco, voilà que le sol se dérobe sous les pieds maladroits de Johnny : il s'enfonce d'un coup et Johnny se retient tant qu'il peut avec sa canne pour ne pas s'écrouler.

Toute la représentation a eu lieu sur ce terrain qui paraissait pourtant plat… Mais les tours de magie ont été si nombreux que Johnny pense aussitôt à une dernière surprise de la part de son ami, ou de l'un de ses associés…

— Eh Josh ! l'appelle Johnny, et Josh le regarde en coin comme gros Coco lui fait un geste de la main.

Johnny entend comme un bruit très bas :

« Pom pom pom… », et aussitôt le sol se soulève et il tombe à la reverse sans plus rien pouvoir.

— C'est ton ami, fait gros Coco alors que ça bouge comme des vagues sous Johnny. Il n'a pas le pied bien marin…

Après les vagues, c'est le tournis et Johnny sent tout le sol qui pivote. Il s'accroche tant bien que mal à la rambarde de bois sur le rebord de la piste, et alors qu'il se redresse il se retrouve nez à nez avec une énorme tête plate et deux gros globes vitreux qui le contemplent.

Johnny étouffe un cri de frayeur. Le faciès monstrueux l'observe en roulant des yeux, sa gueule immense se referme sur une épaisse langue rose et de grosses dents plates, et Johnny aspire une haleine fétide de foin mouillé.

Il reste un instant tétanisé de peur, mais la créature demeure immobile. Elle secoue encore le dos, faisant danser son pelage vert et soyeux. On dirait un immense gazon qui s'ébroue. Elle contemple Johnny d'un air las puis tourne sur elle-même, découvrant de courtes pattes, grosses comme des poteaux sous la piste : en dessous, c'est une sorte de creux, large comme un trou d'obus dans lequel ce monstre a fait son nid. Des monceaux écrasés de paille, ce qui ressemble à des déjections, occupent tout ce sous-sol… Johnny n'en croit pas ses yeux.

Mais très vite, il aperçoit Josh et gros Coco qui rigolent sans retenue. Il doit avoir l'air particulièrement idiot en face de cette chose…

Comme ils ne font rien d'autre que rire, et plutôt méchamment à la façon dont le scrute gros Coco, Johnny finit par demander : « Mais… Mais qu'est-ce que c'est ? »

— C'est Hilly, répond avec mystère gros Coco. Notre ami Hilly…

— Ah…, opine Johnny de l'air le plus détaché qu'il peut.

— Eh ! il fait en rigolant vers Josh. Ça ne vous étonne donc pas plus que ça ?

Il reconnaît sans peine la voix du bonhomme.

— Eh bien…

Mais Johnny en tremble encore comme une feuille. Il ne saurait dire si ce truc est réellement inoffensif ou s'il a bien de la chance que les gens du cirque soient tout près. Il ne peut même pas estimer sa taille : allongé il occupait déjà toute la piste, debout il paraît tout aussi plat, avec seulement quelques bosses qui se sont gonflées sur son dos quand il est sorti de sa torpeur. Ses pattes ont la hauteur et l'épaisseur d'un homme, sa tête semble plus grosse qu'une camionnette…

— Bon Dieu ! lâche Johnny en reprenant ses esprits.

— Ouais mec, sourit Josh. Ça faisait longtemps et tu joues toujours le blasé…

Mais Johnny ne s'est jamais senti blasé. Même ces derniers temps. Et il reconnaît bien là Josh : il a toujours un peu envié et trouvé à critiquer tout ce que Johnny exprimait.

— Salut mec, fait Johnny. Si cette bestiole fait partie de ton cirque, c'est la fortune assurée ! Bravo !

— C'est Hilly ! reprend gros Coco d'un air de reproche. T'entends pas, bonhomme ?

— Oui, si vous voulez, mais… D'où vient-il au juste ? Même dans les bouquins on ne trouve pas ça !

— Ah ça, bonhomme… Faut être du cirque pour le savoir. Approche un peu par-là, qu'on te voit mieux. Ne t'en fais pas, c'est une bonne bête. Mais ne lui marche pas sur la queue quand même…

Johnny serait bien aise de savoir où est la queue de ce monstre, rien que pour s'assurer de bien l'éviter.

— Hilly, c'est le cousin de Nessy, continue gros Coco.

— … Nessy ? fait Johnny sans comprendre.

— T'connais pas Nessy, bonhomme ? Ah, ces jeunes…

— Laissez, Maître Barnum, croit bon d'intervenir Josh. Il revient tout juste du Moyen-Orient : il est un peu déboussolé.

— N'importe, fait le type. La culture, ça devrait être universel. C'est bien pour ça que les hommes ne se comprennent pas sur la Terre…

— Vous m'en voyez navré, opine Johnny pour en finir.

— Ouais… Eh ben tu apprendras que Nessy, mon bonhomme, c'est le monstre du Loch Ness, rien que ça.

— Ah, répond Johnny réellement impressionné.

À cet instant, il veut bien croire tout ce que lui dit gros Coco. Le souffle chaud et fétide du monstre se fait de nouveau sentir sur sa nuque. Johnny n'ose pas se retourner, persuadé que le monstre le renifle. Il a très peur de sa gueule.

— Ouais mon gars. Mais c'est son cousin d'Amérique, comme y a les éléphants d'Inde et ceux d'Afrique, ou encore les chameaux et les dromadaires : tu piges ?

Gros Coco a l'air parfaitement sobre mais il s'exprime comme un alcoolique. Il finit par inquiéter Johnny, le fasciner au moins autant que la chose dans son dos, que Johnny n'ose plus du tout regarder.

— L'est pas méchant, tu peux le regarder si tu veux, tu peux même le caresser.

Johnny esquisse un œil en coin et aperçoit les yeux torves du monstre qui le scrutent vaguement comme une grosse mouche à gober, tout juste sur le bord de la piste.

— Y te fera pas de mal : il aurait plutôt peur des gens, t'sais ?

— C'est toute une histoire ! arrive Josh avec son air d'éternel apprenti.

— Il nous vient des Appalaches, mon gars : comme tu peux voir, il est très feuillu. C'est sa couleur naturelle, vert pelouse, mais on le brosse bien pour que le joyeux du vert ressorte mieux, sinon il vire facilement couleur paille. Il sait aussi se mettre au brun terre, comme un genre de caméléon.

— Whao…, finit par faire Johnny en levant très lentement une main.

Johnny essaie de se détendre, pris d'un sentiment d'obligation, et amorçant une très lente rotation sur lui-même il regarde la bête de face et va pour lui toucher le poil. Il lui semblait tout à l'heure que c'était comme une moquette synthétique, faite pour imiter le gazon. Est-ce que de près ça rend pareil ?

L'animal le fixe toujours de ses yeux parfaitement immobiles et hagards : est-ce qu'il le regarde seulement, ou est-ce qu'il est trop petit, trop près pour qu'il puisse réellement le voir ? … Est-ce qu'il le renifle ? Johnny ne saurait dire. Il frôle son pelage, empli de frayeur : d'une très grande douceur, on dirait du lapin, ou du vison, sa fourrure est d'un vert joyeux parfait, qui tire sur le jaune paille à la racine. C'est vivant, et c'est incroyable.

Gros Coco approche la main et se met en devoir de caresser l'animal, puis fait mine de l'étrier fermement avec ses doigts. Le monstre ouvre légèrement la gueule et Johnny peut apercevoir toutes ses dents de gros herbivore, sa grosse langue rose, puis il émet une espèce de grognement très faible et étouffé, comme le plaisir d'une caresse.

— On l'a découvert pendant les grands déboisements, quand c'est que les hommes fabriquaient la transcontinentale de l'Est vers l'Ouest. Toute sa famille a été écrasée par les arbres abattus, les chevaux, les coolies chinois. Il agonisait sur le bord d'un étang quand je l'ai entendu qui gémissait, il était pas plus gros qu'un tapis à l'époque. Je crois bien qu'il est plat, mais je pourrais pas dire si c'est de naissance ou d'avoir pris des arbres sur la tête.

Mais Johnny réfléchit une minute :

— Attendez, la transcontinentale entre l'Est et l'Ouest, ça date du début de l'avant dernier siècle… Vous ne voulez pas me faire croire qu…

— Tu crois ce que tu veux bonhomme, on est là pour croire au cirque, tu sais ? C'est tout l'art du spectacle, que de faire croire aux gens. Est-ce que tu crois à ce monstre qui te colle au cul depuis cinq minutes, hein ?

Johnny essaie de comprendre encore une fois : mais il doit bien avouer qu'il est très convaincu : la créature a l'air parfaitement vrai.

— J'avoue, Monsieur, que ce que je vois est très impressionnant.

— Eh ben, t’as encore rien vu, mon gars ! Mais au moins, t’es honnête, et j’aime ça ! Hilly il le sent aussi que t’es honnête, c’est pour ça que t’as rien à craindre de lui.

— Alors nous pouvons parler ? demande Josh.

— Ouais, on peut parler, rétorque Barnum. Amène ton copain par là qu’on cause.

08
Allez bonhomme

« Allez bonhomme, montre-moi ta plaie. »

Johnny regarde Barnum qui regarde Josh avec un air condescendant, déjà l'air de douter :

« Ton type là : il vaut quoi ? »

Johnny s'avance avec ses deux béquilles d'alu, sa canne plantée sur le plancher grossier de la roulotte.

Ça le regarde et ça le scrute de partout dans la carriole. Deux jolies brunes assises ensemble sur la couchette, on dirait des jumelles. Deux escogriffes assez petits dans le recoin du fond, masquant la lucarne. La tête du géant qui passe, placide par le velux ouvert au-dessus. Une femme à barbe si velue qu'on la prendrait pour une peluche à taille humaine. Deux petits nains encore, roses et proprets comme des enfants du siècle dernier qui se tiennent la main avec innocence, par-devant les pieds d'un très grand type qui ressemble à un lampadaire surmonté d'un chapeau haut de forme, tant il est droit et n'a pas de bras.

On entend encore floquer de l'eau à l'extérieur, comme un bocal ou un aquarium qu'on déplace. Par deux fois, Johnny aperçoit une magnifique tête blonde et mouillée qui observe entre les rideaux d'un carreau à côté du canapé.

— C'est la vraie troupe au complet ?

— La vraie, oui. Tu vois mon bonhomme, nous on fait les clowns pour amuser la galerie, mais entre nous on se cache pas. La monnaie c'est par là : tu montres ou tu sors.

Johnny gagne un peu de temps.

— M'aviez l'air plus nombreux que ça, tout à l'heure.

— Y a encore le Boum Boum, qui fait chauffer ses fourneaux juste à côté. Tu l'entendras peut-être les faire chanter tout à l'heure. Y a aussi les deux zigotos là, fait Barnum en jaugeant son assistance. Les deux clowns qui fricotent toujours ensemble. Ce sont les seuls bons clowns qu'on a trouvés depuis Seattle, alors on les bichonne. Y z'aiment pas trop montrer leurs vraies trognes, mais sont bien abîmés aussi, et y sont plus drôles que Moïse cassant ses tablettes devant tous les juifs réunis. Y z'aiment leur p'tit confort, y causent qu'entre eux.

— Mon vieux, ça fait un bail qu'on en parle, tu te disais intéressé hier encore.

C'est du Josh tout craché : audacieux mais maladroit. Avec lui, ça fait toujours un bail.

— À côté de vous tous, j'ai rien d'exceptionnel, boude Johnny. Z'avez de la place pour moi quand même ?

— Fais voir…, insiste Barnum qui se faisant se démaquille de son accoutrement de gros Coco.

Johnny desserre son pantalon et laisse tomber les jambes qui découvrent tout le métal brillant. Des cannes en tubes d'aluminium, emmaillotées dans du caoutchouc noir autour des genoux. Mais des cuisses énormes, toutes gonflées et rouges de porter Johnny à grands coups de boutoir.

— T'as plus les genoux non plus, ou c'est pour la déco ? demande Barnum.

— J'ai plus que le moignon gauche. L'autre plie un peu mais je le sens pas. Question de nerfs choqués, qu'on m'a dit.

— C'est tout ? rigole un des petits italiens au fond.

— Ça te fait plus grand avec ! rigole son voisin.

Barnum qui est maintenant paresseusement allongé sur la couchette, soupire bruyamment puis allume avec indifférence une chicha qui ne demandait qu'à partir. Tout le monde attend dans un grand silence après sa première bouffée, sa toux grasse et écœurante, puis une seconde bouffée qu'il finit dans une espèce de sifflement africain.

— Les frères Riccinelli, dehors ! il crie.

Les deux italiens sortent par la porte du fond sans se faire prier.

— Les filles, vous en pensez quoi ? il demande.

Une des jolies brunes scrute Johnny bien dans les prunelles, pleine d'insolence et de charme, tandis que l'autre le toise de la tête aux pieds et s'appesantit sur ses chevilles articulées.

— C'est vrai que ça le coupe court, dit la brune.

— Où qu'tu vas en marchant comme ça ? lui demande l'autre, le fixant toujours bien dans les yeux.

— Y rentrera plus facilement dans le canon de Bobby, fait un des lilliputiens.

— Tu dis ça pour plus y aller, ricane Barnum. Bon ici, qui est mutilé ?

Tout le monde lève la main sauf la louve et les deux nabots. Le grand dadais du fond sautille sur place pour montrer qu'il en est aussi. Josh regarde en l'air et échange un sourire avec le géant. Le géant attrape le toit de la roulotte et le décroche pour le poser à terre : ils se retrouvent tous en plein air.

— Bien pratique, les surhommes, fait Barnum. Regarde bonhomme, moi aussi il me manque un bout.

Barnum attrape son pied gauche et tort, puis tend, puis tort encore et son pied part dans un craquement sec. Il jette son pied devant Johnny.

— On a tous eu notre guerre : moi c'est cette saloperie de lion qui me l'a bouffé, quand je cherchais des animaux rares pour monter ma première affaire. Reconnais que le bestiau m'a bien dédommagé depuis.

Il rigole, tout le monde rit avec lui.

— Moi je crois qu'on peut faire quelque chose de toi, bonhomme. T'as de bons bras ?

— Je me débrouille.

Barnum attrape à sa droite un ballon multicolore et le jette violemment à Johnny. Lui le rattrape et le renvoie avec fermeté, un peu agressé.

Barnum esquive la balle et d'un revers de main la renvoie vers le grand type derrière les lilliputiens. En un impressionnant tour de cou, laissant élégamment tomber son chapeau le dadais arrête la balle, la fait rouler sur sa tête, la laisse en suspension, la fait sautiller. Puis la lance plus haut et la rattrape avec le nez où il la fait tourner, tourner, tourner comme une vraie otarie.

— Ah ! fait Barnum avec satisfaction.

Aussitôt, le type envoie un prodigieux coup de tête dans la balle qui retourne à pleine vitesse vers Johnny.

Johnny l'arrête fermement et cette fois la garde entre les mains.

— Bons réflexes, en plus d'être fort bonhomme.

— Vous voulez que je lance la balle aux animaux du zoo ?

— Non, ce serait dommage pour tes guibolles, et trop léger pour d'aussi bons bras. Dis-moi, combien de kilos t'as perdus avec tes jambes ?

— Je sais pas : 10, 15 peut-être.

— Peuh ! T'as perdu bien plus que ça, regarde tes cuisses. Un vrai cheval de course qu't'étais avant, pas vrai mon p'tit Josh ?

— Sûr, M'sieur Barnum, fait Josh avec pâleur.

— J'ai dans mon attirail un petit quelque chose qui pourrait te convenir… Quelque chose qu'on ne donne pas à n'importe quel clampin, c'est évident.

— Des bras pour l'Otarie ? demande la petite fille lilliputienne qui paraît soudain une vraie femme avec de belles anglaises partout sur la tête.

— Nan…, fait Barnum sans la regarder. Ça, on ne peut pas faire. Ça fait bien longtemps que je cherche un zigue comme toi pour enfiler ces trucs. Je les garde pour ainsi dire bien au chaud, y a personne que je connais qui serait assez bien pour s'en servir.

— Qu'est-ce que c'est ? demande Johnny.

— C'est pas une clownerie ! Pas une connerie de bras avec un méchant crochet pour éborgner les p'tits enfants. C'est presque magique…

— Montre-nous ! s'écrient les jumelles depuis la couchette en face de Barnum.

— Oh oui, montre-nous ! crient en chœur les lilliputiens comme des enfants.

Avec une agilité étonnante Barnum se redresse sur son séant, replie sa jambe sans pied sous son corps et d'une flexion de l'autre attrape le grand loquet d'un tiroir sous le lit.

Le tiroir glisse et il fouille à l'intérieur.

— Ah, mais…, soupire-t-il avec une voix de grand-père déçu. Où les ai-je mises déjà ? Ce serait si dommage de les avoir perdues…

— Oh non ! s'écrie l'assistance de plus belle.

— Les enfants, les enfants… Vous savez que je n'aime pas quand vous venez fouiller dans mes affaires…

— On n'a pas fouillé ! s'écrient encore les nains et les jumelles. La louve secoue silencieusement la tête avec la même énergie.

— Alors… C'est qu'elles doivent être là… Aaah ! Quand on les cherche… On les trouve toujours !

Il sort du tiroir une grande paire de bottes façon mousquetaire, ou approchant. Un truc de cavalerie, très élégant.

— Qu'est-ce que c'est ? demande Johnny incrédule.

— Oui, qu'est-ce que c'est ? demande aussi Josh.

— Mais des bottes de sept lieues, mes enfants ! fait Barnum comme si c'était évident. Des bottes : de sept lieues !

Tout le monde reste interdit, puis les plus petits s'écrient :

— Des bottes de sept lieues ? Comme c'est merveilleux !

— Et ce sont des vraies ! croit bon de rajouter le garçonnet chapoté en serrant avec passion la main de Boucle d'or.

— Eh ! fait Barnum. C'est que j'ai plus d'un tour dans mon sac. Celles-là je les ai trouvées pendant un stage interarmées, dans le désert du Nouveau-Mexique les enfants.

Il se met en devoir de raconter l'histoire à toute l'assistance.

— À l'époque, on préparait les bonshommes à aller dans la Lune. C'était même encore avant, quand on m'avait demandé d'apprendre aux pilotes d'essai à vaincre leurs peurs, comme de garder l'équilibre sur un fil, ou de traverser le feu !

Il raconte et tous ont l'air absolument captivés par son récit.

— Vous leur appreniez à traverser le feu ?

— Oui, toute une affaire de chaleur, mes chéris. C'est le cœur qui chauffe, pas la tête… Enfin bref, coupe brusquement Barnum. Là-bas : au Nouveau-Mexique, j'ai connu un savant qui travaillait sur des prothèses de rechange pour tous les bons soldats qui étaient revenus abîmés de la dernière guerre. Il avait plein d'idées, et toutes sortes de pièces qui venaient des avions et des fusées. Pensez-vous ! on travaillait dans l'Aviation les enfants ! Pas n'importe quoi : l'A-via-tion ! Celle qui a franchi le mur du son, et balancé un chimpanzé hors de l'atmosphère !

Les jumelles, la louve, les lilliputiens font des « Oh… » d'admiration. Le géant se cogne le front contre le velux, l'Otarie hoche la tête avec un immense plaisir de muet.

— C'était un type étrange, plutôt sympa… Il avait surtout des tas d'idées bizarres, il disait qu'il voulait que les pilotes aient des jambes comme leurs avions… Il se faisait beaucoup de films, comme tous ces toqués d'inventeurs. Mais moi les enfants, vous savez bien que c'est mon métier de repérer les bonnes idées ! Un jour, le pauvre bougre s'est fait rôtir comme un poulet, par un réacteur de fusée mal allumé… qui a quand même démarré. Il n'y avait en vérité pas grand-monde qui s'occupait de ses travaux.

Alors j'ai comme qui dirait décidé de garder un souvenir de ce bon vieux docteur. Un peu rafistolées, nettoyées, décorées : elles sont comme neuves, tu ne trouves pas, bonhomme ?

Barnum les lance à Johnny qui les rattrape et s'étonne de leur poids.

— C'est de l'aluminium d'avion comme je t'ai dit : léger et costaud. Avec plein de petits gadgets comme dans les cockpits.

Aux chevilles, il y a des ailes d'argent qui semblent sans utilité pratique.

— Pour le folklore bonhomme, pour le folklore. Nous sommes dans le spectacle, alors il ne faut JAMAIS oublier, le folklore.

Ce sont de véritables ailes d'aviateur argentées, qui traversent le cuir avec leurs broches : des talaria.

Les semelles sont épaisses et solides. Le cuir brun et élégant se tend jusqu'au-dessus des cuisses et cache tout un appareillage complexe de ressorts et de tubes de couleur mate.

— Vu qu'il te manque tes deux guibolles, et qu'un jour t'as couru comme personne bonhomme, je crois qu'elles sont faites pour toi.

Quelques ajustements et Johnny se sent bientôt dedans. Il découvre encore quantité de manettes et de gros boutons sur les côtés et les genoux.

— Ça, c'est pour les grands, lui lance Barnum avec mystère. Quand tu les auras bien montées, je te montrerai deux trois trucs que m'avait appris ce bon savant. Lève la patte gauche pour voir.

Johnny lève la jambe et celle-ci commence de se plier comme d'un mouvement naturel.

— Ah, c'est pas encore bien réglé mais on verra ça. Plein de trucs, que tu peux faire pour nous bonhomme.

— Comme quoi ? demande Johnny enthousiaste.

— Un vrai acrobate, comme jamais qu'on a vu, sourit encore Barnum.

Johnny regarde tout le bas de son corps et sent une joie profonde monter en lui. Il se sent électrisé par toute la soirée, par le décor, les gens. Il se sent invité.

— Essaie tes nouvelles jambes, petit, fait Barnum.

Johnny se plie et se redresse : il fait presque un saut tant les ressorts sont puissants.

— Tu vois la barre ?

Il regarde au-dessus de sa tête : à quatre bons mètres, une grande barre horizontale est suspendue par des cordes. Johnny saute et l'attrape sans effort.

— Bien ! Il ne te reste plus qu'à t'en servir, glousse Barnum.

Tout autour, telle une meute les monstres l'observent en silence. De la barre, il atterrit avec adresse sur le sable à côté de la roulotte.

L'Otarie et la louve s'extasient en chœur, sincèrement ébahis par son agilité. Les autres sont plus partagés. Comme Barnum lui adresse un petit sourire en coin, Johnny bondit de nouveau vers les suspentes du chapiteau et s'envole à travers les aérations du toit.

La nuit est claire et infinie. Au loin, les lumières de la ville forment un appel bourdonnant. Un autre bond et Johnny atterrit sur une roulotte. Un bond encore et il est hors du camp.

— Reviens un peu ! crie Barnum après lui. Nous avons besoin de toi ici.

Après lui, tous les monstres applaudissent.

Si tôt promis, si tôt fait. Johnny s'entraîne pendant une petite semaine sur ces espèces d'échasses, sans forcer, et les jambes lui donnent une démarche de fauve aérien.

En échange, il aide un peu aux travaux, quand il passe. Un soir, il fait la distribution des billets. Le lendemain, il grimpe en deux enjambées une échelle de dix mètres et rattrape la grande tenture qui menaçait de s'écrouler sur des ouvriers.

L'air de rien, comme un invité, Johnny passe et Johnny reprend de son temps. Petit à petit, il traîne un peu plus dans les coulisses, rigole avec les artistes, rend de menus services.

Il va moins au Basket aussi, mais s'y tient en bon soldat, pour se tenir loin de la maison. Pour ses parents, il est devenu une ombre, qui arrive par le plafond et descend par l'escalier, comme un courant d'air. Ils ne font absolument plus aucun commentaire. Ont-ils seulement remarqué ? Ils ont tout juste l'air un peu fâché, distants et voisins, comme à l'accoutumée, et Johnny ne leur pose pas plus de questions qu'ils ne lui en posent. Là aussi, Johnny a fait son temps. Alors il rentre à la nuit mourante et dort tout le jour.

Comme un père, Barnum est là qui le surveille. Il a laissé Johnny prendre ses aises sur le campement, puis finit par l'inviter à l'écart. Ils se promènent et Barnum passe ses grosses mains avec amour sur les barreaux des cages, sur les museaux des fauves. Des colombes viennent un moment se poser sur son épaule, puis s'en vont avec le soir qui vient et le spectacle qui s'annonce. Enfin, tout à l'écart, le vieil homme tourne autour d'un mobile home et s'arrête sur le pas.

— Mon gars : ta carriole, fait-il plein d'emphase comme Johnny reste ballant devant la petite porte de la boîte montée sur roues. C'est pas bien terrible je sais, mais faut bien commencer quelque part. Te v'là chez toi !

Johnny sourit. Johnny veut visiter l'endroit, mais Barnum le retient aussitôt.

— Eh mon gars on a spectacle, tu te souviens ?

— Je suis éreinté, soupire Johnny. Je me suis entraîné à marcher avec ces nouvelles jambes toute la journée, comme vous me l'avez demandé. J'ai grimpé tout en haut des tentures, j'ai même aidé le géant à relever ses colonnes d'Hercule ou je sais pas quoi de l'autre côté de la scène.

— Ah mon gars, bienvenue au Cirque ! Premier cadeau, première leçon : tu vois on est pas des clampins, ni des voleurs, des malandrins ! On travaille tous, nous ici. Après ta journée complète, tu auras mérité de pioncer ! Mais d'abord : il FAUT, que la journée : soit complète. Et sans quoi une journée ne peut-elle être totalement complète, ici-bas comme sur Terre ?

— … Un peu de spectacle ? Johnny s'y résigne.

— Le spectacle. Oui Monsieur.

Barnum traîne Johnny par le bras et lui montre les coulisses des rideaux et des cordes par derrière la grand-scène où commencent de s'entasser les attractions.

— Ce sera pas bien difficile pour commencer, t'en fais pas. Je vais pas te demander de faire le clown. Juste, tu rentres de temps à autre et tu bondis comme tu sais le faire, à tous les bouts de la scène, et sans blesser personne je te remercie.

— S'il n'y a que ça pour vous faire plaisir… Mais qu'est-ce que je fais une fois que j'ai bondi à travers tout le chapiteau ?

— Tu recommences, pardi ! Tu fais ça par intermittences, je ne sais pas encore. Tu peux par exemple envisager de sauver une des acrobates des vilains lanceurs de couteaux, ou sauter à califourchon sur un des canassons. On verra bien : le maître mot du Barnum & Bailey's Circus Biggest World Wide Show ! c'est… L'improvisation ! Tout vient de là. Et tu apprendras vite qu'on invente des tas de choses fantastiques à partir de l'improvisation. Tous nos meilleurs numéros sont nés ! de l'improvisation.

— OK, si vous pensez que j'ai mon rôle à jouer dans votre spectacle. J'attrape les cordages et je me promène au-dessus de la foule, un peu comme Tarzan. Et ensuite, je verrai bien ce qu'il me prend l'envie de faire.

— Parfait, jeune homme ! Et n'oublie pas : mon associé et moi-même sommes là dans l'avant-scène qui te regarderons. On te fera signe de temps à autre, pour te donner des idées de trucs à faire. Pense à nous !

Johnny s'exécute et toute la soirée il survole la piste et les gradins stupéfaits avec une désinvolture de maladroit qui ne sait pas danser. À un moment, il lui semble que des câbles cèdent et il rebondit sur des poutres bicolores en faisant frémir toute la mâture. À un autre, à la surprise générale il arrache Boucle d'or aux griffes de la Louve et des applaudissements suffoquent la scène, et pendant tout le jeu suivant les figurants paraissent bien plus hésitants, comme s'il allait revenir et dérober quelqu'un au hasard. Une des jumelles, les sœurs Mantes comme les a présentées Barnum, se rattrape mal vers sa sœur et Johnny saute telle une araignée par-dessus le filet pour la renvoyer en l'air, cette fois à portée. On ne sait pas trop qui est ce nouveau figurant dans le spectacle pourtant bien balisé du Cirque, une sorte de saltimbanque virevoltant, mais on l'attend et on le cherche du regard par-dessus les cordages qui dressent le chapiteau. À la fin du spectacle, l'homme canon s'envole dans une explosion et est lui-même rattrapé et pris de vitesse par la « Sauterelle », qui a même le temps de lui poser son large chapeau sur la tête.

Tout le monde est sidéré, des artistes jusqu'au public, et Barnum conclut avec brio sa soirée en annonçant le nouvel arrivant :

« Mesdames, Mesdemoiselles, Messieurs… Les petits aussi ! Cela faisait longtemps, mais il nous fait l’honneur d’être de nouveau parmi nous ce soir… : Spring !... Heeled !... Jack ! le… Retouuur ! »

Johnny repart bien vite après une accolade à Barnum et un grand salut à la foule, le temps calculé de laisser admirer sa cote multicolore et bombée de maître page, ses interminables bottes de cuir à ailes argentées et ses grelots sur tricorne de fou surplombant un masque vénitien, souriant et parfaitement anonyme.

Tout le monde est content et surtout Johnny, qui s’est découvert un talent insoupçonné pour séduire le public, décrivant jusqu’à des bonds de quinze mètres. Sa joie le pousse à sortir du chapiteau puis de l’enceinte du Cirque lui-même, et il s’égare encore, pendant des heures, dans les banlieues endormies de L.A.

À son retour, l’atmosphère de la fête s’est passablement assoupie et il se pose avec fatigue sur les marches de son petit perron ambulant. Barnum l’entend qui fait grincer quelques marches et arrive à sa rencontre.

— Merveilleux, petit ! Merveilleux ! Tu vois, je te l’avais dit : tu as un talent monstre !

Il rigole, et avec lui les deux clowns qui vident des bouteilles autour d’un feu de camp, les Frères Riccinelli qui aiguisent leurs couteaux à la lueur des flammes.

— Avec toi, c’est la surprise et la diversion assurée ! Mieux qu’avec Boom Boom, fait un des italiens.

Au loin, dans la nuit, on entend exploser une bombe.

— Même en dormant… soupire l’autre frère.

— Il nous rendra tous sourds…, pleure le clown triste dans un émoi qui finit plein de larmes.

— Toi tu tiendras plus ton monde en rang, glisse Barnum à Johnny, plein d'affection paternelle.

Johnny sourit et est content, mais il est tellement fatigué qu'il ne trouve rien à redire et rentre dans sa roulotte sans même prêter attention au mobilier. Il se cogne la tête contre un plafonnier ou un placard et s'endort, pétrifié d'avoir trop sauté.

09
En garde !

Au petit matin, Johnny s'éveille d'un bond et décide d'aller courir, ragaillardi d'une joie nouvelle. Il lui semble naître dans un nouveau corps.

Dorénavant, il ne court plus : il saute. Il lui suffit de plier les jambes et les ressorts font le reste qui le propulsent littéralement en l'air. Très vite, ses enjambées maladroites forment de longs bonds élégants, puis de vrais décollages dans les airs. Comment vouloir encore dormir quand on sait faire ça ?

Il se pose à terre et l'espace d'un instant la mécanique paraît gripper ; mais les freins jouent à fond qui amortissent le choc :

emmagasinent une énergie nouvelle pour le saut suivant, plus superbe encore.

Aucun valide ne pourrait jamais rivaliser avec des prouesses pareilles. Johnny n'est plus un sprinter, plus un acrobate : c'est un homme à ressorts, un elfe voyageur, une balle élastique…

Il en a le vertige quand il regarde par dessous lui. Il lui semble presque qu'il pourrait décoller pour de bon, quitter la Terre et tous ses problèmes…

Bientôt, il frôle le toit des immeubles, et parvient à agripper des rambardes, des tuiles. D'un autre bond, il franchit un toit, puis survole toute la longueur du bâtiment suivant avant de retomber dans une impasse obscure.

En catastrophe, il s'écrase dans des bennes à ordures, dérangeant un groupe de clochards qui créchait là.

Un des ivrognes le regarde : « Eh mon pote, c'est-y d'la Lune qu'tu descends… ? »

Il lui adresse un sourire et bondit de nouveau. Ils le regardent s'éloigner sur la façade de l'immeuble qui agrippe une échelle de service avant de repasser par-dessus le toit. Une vraie fusée.

Au loin, une alarme retentit, puis s'arrête. En trois foulées, Johnny arrive au-dessus de la rue : il semble qu'un braquage d'épicerie soit en cours, avec des quidams affolés qui se terrent aux pieds de deux types furieux et armés. Il est près de midi dans la banlieue sale. Des voitures de police déboulent en chuintant qui bloquent la rue. Échanges de tirs. Les braqueurs canardent les véhicules, les flics répondent et blessent un otage. De son toit, Johnny n'en rate pas une miette.

Les braqueurs s'enferment dans le magasin. Les tirs continuent, on entend les hurlements des otages, les insultes des agresseurs.

… Quelle envie fantastique prend à Johnny ?

En bas, la situation paraît bloquée…

Il avise la ruelle par derrière le magasin, bouchée par un mur de planches. Il se laisse tomber et rebondit sur la porte de service d'une telle force qu'il manque de s'y fracasser la tête. Ce faisant, il la défonce. Il entend gueuler : « Les salauds ! Ils nous attaquent par-derrière ! »

Aussitôt, l'arrière-boutique explose de toutes parts, pulvérisée de mitraillage. Johnny se jette à terre, et comme il glisse sur le dallage, de tout son long il déboule dans la boutique.

Un braqueur a tout juste le temps de l'apercevoir. Une glissade arrière et Johnny lui envoie son pied gauche en pleine face. Mais le second retourne son arme et l'atteint aux jambes. Quelque chose claque, casse dans la botte de Johnny. Dans un mouvement de fuite, sa jambe droite se désarticule et part droit dans les couilles de l'agresseur. Le coup est si violent que le type vide tout son chargeur sur le plafond en hurlant de grimace.

Fumée, silence… À l'extérieur, la police a tu les haut-parleurs et se calfeutre derrière les portières criblées de balles. Les regards embrassent la boutique à la recherche d'un mouvement, d'une cible. Johnny se tient debout au milieu de la pièce. Les vitres, les produits explosés répandent par terre une odeur de poudre mêlée de lait, de sodas. Un néon claque et s'effondre au sol, une épaisse poussière de plâtre crée une brume qui déborde par les vitres toutes brisées.

Un mouvement : un homme et une femme sont recroquevillés derrière des caisses. La femme regarde Johnny et pleure en silence, les yeux mi-hagards mi le fixant, absolument épouvantée. Derrière lui un grognement : le braqueur qu'il a assommé se redresse, chancelle, puis s'effondre pour de bon.

Johnny ressent une douleur à la cuisse droite : une balle l'a éraflé qui a coupé des câbles et bousillé un ressort dans le mécanisme. En soulevant la jambe, Johnny constate qu'il n'a plus de résistance dans le genou, mais elle peut encore tenir, un peu molle. Silencieusement, il repart par l'arrière-boutiquc, tandis que les haut-parleurs de la police reprennent leurs plaintes.

Quand ils interviennent enfin Johnny est déjà loin. Sa jambe abîmée a tenu bon et il a pu regagner la rue en toute discrétion. Seul Barnum, qui a l'œil, le voit réapparaître au soir du côté des roulottes et lui jette un regard noir : Johnny a, déjà, endommagé son matériel…

— C'est malin…, gronde-t-il en contemplant le cuir déchiré.

Il fouraille dans le hachis et tire un câble qui suinte de l'huile. Il gratte le fil : la coupe est franche.

— Si tu te fais tirer dessus, dit-il, que ce soit au moins utile. Demain, nous aurons quelque chose pour toi.

— Je suis désolé, fait Johnny sincèrement embarrassé. Je voulais porter secours à quelqu'un…

— Oui…, soupire Barnum. Je connais bien les vétérans, toujours à vouloir jouer les héros. Alors que la plupart ont déjà perdu la fois d'avant… Envie de revanche quoi !

Le Houspillant, Barnum attrape Johnny à la taille et se met en devoir de détacher ses harnais. Johnny se laisse faire comme un enfant.

— Allez… Ce n'est pas bien grave. J'ai les pièces pour réparer… Mais toi tu ne sors plus d'ici ce soir : tu es consigné !

Et il l'enferme à clef dans la roulotte en emportant ses jambes.

Au soir, Barnum revient accompagné de Boom Boom et des deux clowns. On dirait que le clown triste s'est fait rosser : il pleure plus qu'à l'accoutumée, et tient ses doigts tout croisés entre ses poings écrasés. Quelque chose le contrarie énormément, et il se contrit pour ne pas s'effondrer en larmes. Bobby a les moustaches fumantes, une grande tache noire sur le front et peut-être un œil qui saigne, ou seulement une bonne conjonctivite Johnny ne distingue pas bien. On dirait qu'il s'est encore fait exploser un pétard à la figure. Auguste le clown jaune ne sourit pas, ce qui lui donne un air franchement méchant. Il porte une espèce de malle en cuir, l'air de vouloir présenter quelque chose.

— Mon gars, fait Barnum tout de go, on ne va pas pouvoir te garder plus longtemps.

— Pourquoi ? demande Johnny qui regrette déjà ses idioties dans l'épicerie.

— Parce que tu ne sais pas te défendre, foutre dieu ! On a lu le journal tout à l'heure : il en traînait plein les gradins, après le spectacle. Et ça cause de là et ça cause de ci, où t'as sûrement pris cette balle…

— Je n'ai rien fait ! se défend Johnny.

Le clown triste veut relever la tête pour dire quelque chose entre ses larmes mais l'Auguste et Boom Boom le fusillent du regard. Il gémit comme un môme et baisse à nouveau les yeux.

— Ce n'est pas lui non plus, essaie Johnny sans comprendre.

— On le sait bien que c'est pas vous deux, pauvre andouille ! fait Barnum en frappant le clown triste sur l'occiput. Toi tu es idiot, et lui il a trop la trouille. Si tu veux faire plus que le pitre parmi nous, bonhomme, va falloir aussi savoir, te battre un peu…

— Je suis quand même un vétéran du Golfe ! s'esclaffe Johnny.

— Oui, ben... Pour c'que t'en as fait, c'est une honte ! rétorque Barnum d'un ton de professeur déçu.

— Je dirais même plus, jeune homme ! lance à son tour l'Auguste qui ne parle jamais.

— Ce n'est pas bien glorieux ! poursuit Boom Boom.

— Et le Cirque, bonhomme ! continue Barnum. C'est une histoire de Gloire justement ! Va falloir, je te dis, que ça s'arrange...

Johnny reste con en face des trois énergumènes et du clown triste qui continue de pleurer comme une chiffe molle.

— ... Oui ? finit-il par dire.

— Ah ! s'écrie Barnum. Ça : j'aime ! Tu veux décidément en savoir toujours plus ! Ça : j'aime !

— ... Qu'attendez-vous de moi ? demande Johnny.

— La boîte ! ordonne Barnum.

Auguste fait jouer les serrures dorées et révèle le coffrage garni de satin, des renfoncements d'ustensiles vides. Tout en haut : une canne avec un pommeau chromé à tête de clown attend patiemment que l'on vienne la prendre en main.

Johnny va pour s'en saisir. Aussitôt, l'Auguste fulmine de l'œil ; le clown triste cesse de geindre et fronce les yeux avec colère. Boom Boom siffle avec défi.

— C'est la mienne ! fait le triste.

— La ferme ! coupe Barnum. On a dit que c'était pour le nouveau !

— C'est la mienne ! se récrie le triste.

— C'est la sienne, insiste l'Auguste. Et puis le nouveau il a les mains baladeuses : à peine il l'a vue à peine il met la main dessus...

— Tu ne la mérites pas ! engueule Barnum. Tu sais pas t'en servir et t'as la trouille !

— Voleur…, gronde l'Auguste en fusillant Johnny.

— Nah ! Ce sera pour lui et c'est tout, les bougres ! tranche Barnum. Boom Boom ! Fous-moi ça dehors !

Bobby se met en devoir de mettre des coups de pied aux derrières des deux clowns.

— Allez, les affreux : on vous a assez vus !

Ils sortent. Johnny n'a pas touché la canne mais il n'en a plus du tout envie. Encore un cadeau piégé, il se dit.

— Elle te plaît, hein ? demande Barnum.

— … C'est pour quoi faire ? répond Johnny avec méfiance.

— La plus belle arme qui soit, mon bonhomme, la plus belle…

— C'est juste une canne…

— Justement : juste une canne. Idéale pour te défaire de tous tes ennemis, et sans exagérer. Viens dehors !

Ils sortent.

Tout à coup, Barnum hurle : « EN GARDE ! »

Johnny lève la canne un peu au hasard, plus l'envie de parer un coup terrible que de se battre vraiment.

— Bien longtemps que tu ne t'es plus battu pour de vrai, bonhomme…, grommelle Barnum d'un air supérieur.

Il est bedonnant mais rapide comme l'éclair. Il feinte de frapper Johnny à droite, puis tourne sur lui-même et Johnny reçoit un magistral coup d'estoc dans la cuisse gauche. Johnny chancelle, se rattrape avec la canne qui ne sert plus à le défendre.

« EN GARDE ! »

Barnum refrappe à gauche, Johnny n'a même pas le temps d'esquiver.

« EN GARDE ! »

Il frappe et frappe à droite, à gauche, à droite… Johnny reçoit coup sur coup et bientôt s'écroule par terre. Il essaie de se recroqueviller avec ses jambes mais en pliant les cuisses elles se raidissent et très vite il n'arrive plus à rien…

« EN GARDE, FOUTRE DIEU ! » explose Barnum.

Sa colère se lit avec laideur sur son faciès rougi d'alcoolique : c'est un maître d'arme exigeant et impatient.

Soudain, Johnny se rappelle : les jambes doivent obéir à la flexion de ses cuisses. Aussitôt, il les plie et donnant un coup de reins il se redresse, pare le coup que Barnum lui assène sur la tête puis retend ses jambes et fait un bond extraordinaire à plus de trois mètres du sol.

Barnum le regarde s'envoler et fait de grands yeux admiratifs.

— Joli, petit…

Mais Johnny retombe déjà.

— Essaie encore…, et Barnum le frappe derechef dans les côtes comme il se pose tout concentré sur son équilibre.

Mais cette fois Johnny pare tout en raidissant la jambe gauche pour rester debout.

Une lumière de satisfaction jaillit dans la prunelle de Barnum. Il va pour lui donner un autre coup, mais Johnny pivote le poignet et pare encore. Barnum cherche à le surprendre en lui donnant un coup sur le pied mais le bec de sa canne est du côté de celle de Barnum et Johnny la crochète avant de la faire s'envoler.

Barnum recule, étonné et groggy : il a pris sa canne sur le nez et son ventre le déséquilibre. Une colère noire se lit dans ses yeux fâchés. Johnny va pour lui sourire d'un œil complice, mais Barnum n'apprécie pas cette boutade et a encore le temps de faire sauter la canne de Johnny avec la jambe en s'écroulant par terre.

Johnny s'était trop appuyé dessus et tombe à son tour. Ils se retrouvent face à face, le cul de jatte avec ses guibolles de fer, et l'obèse comme une quille à l'envers.

Johnny commence à rire, mais Barnum n'aime pas du tout se retrouver les pattes en l'air. Il rage et roule comme un forcené jusqu'à ce que Boom Boom intervienne pour le ramasser.

Énorme, grossier, vexé ? Barnum tire la manche de Boom Boom à l'arracher, agrippe son bras, monte presque sur son dos et parvient à se remettre sur ses deux jambes, rouge et plus furieux qu'un fauve.

Johnny parvient seul à se rasseoir, et d'un habile coup de reins replie ses jambes sous ses fesses avant de se retrouver enfin presque en position debout.

Mais du coin de l'œil, Barnum a vu cette nouvelle prouesse. Alors il assène à Johnny un grand coup de canne comme il parvient tout juste à se stabiliser. Johnny le pare facilement et bloque la canne de Barnum d'un revers. Ils échangent un long regard : en cet instant, il ne saurait dire si l'autre est vraiment mauvais, ou juste combatif.

Comme cette interrogation dure, Barnum tente une passe à droite, puis trois moulinets que Johnny esquive avant de lui retourner une coudée du gauche.

— Pas mal, petit ! Pas mal…

Ils se battent ainsi jusqu'à la nuit, Barnum dorénavant arc bouté sur ses courtes jambes, ne donnant plus jamais à Johnny l'occasion de lui faire perdre l'équilibre, lui multipliant les sauts arrière et les vrilles aériennes, pour éviter les terribles coups d'estoc.

10
New York : le gué-t

Passé L.A., Venice, puis bien entendu San Francisco, le Cirque se dirige à présent vers Sacramento ; redescend vers Las Vegas, passe les Rocheuses dans un train spécial pour Denver, attaque le Sud par Oklahoma City, puis Dallas, Houston, pousse jusqu'à La Nouvelle-Orléans, reprend au Nord par Memphis, Nashville, Cincinnati et même Indianapolis, pousse jusqu'à Chicago, Détroit, Cleveland, Pittsburg « bien sûr, pour le prestige » comme dit Barnum, et bientôt : New York.

Autant de balises nationales que le grand voyageur Johnny n'a encore jamais connues, autant de nouveautés, si continentales et terrestres comme lui, et pourtant si lointaines.

Avec le Cirque, tout se ressemble toujours un peu : la drôlerie permanente, toquée, bizarre, participe d'un petit univers renfermé, étriqué, si sécurisant en même temps.

Johnny se découvre plus solitaire qu'il n'aurait cru jadis, lui le champion interuniversitaire. Johnny aime, plus qu'il n'aurait cru, se sentir à la fois proche et distant des foules, complice en même temps de « ses semblables les bizarres, les monstres ». Johnny se sent laid, et beau derrière son costume de héros. Johnny se sent proche, surtout de Barnum, passablement de Josh. Des autres ? Une solidarité convenue s'est glissée entre eux. Une indifférence cordiale, surtout, Johnny ayant intuitivement compris que chacun préserve ici avant tout sa dignité blessée.

New York : immense canyon urbain comme il n'en avait jamais vu, même à L.A. Presque à faire peur.

Le Cirque s'est posé en bordure très éloignée de la banlieue sud, bien à l'abri de tout, même de l'air marin. Alors Johnny parcourt des miles de toits et de rues larges comme des fleuves, esseulé et libre, la journée durant.

Au soir, il rejoint, sans manque, le Cirque et la troupe de ses créatures, armé de sa rectitude de recrue.

Johnny est droit, honnête, et Barnum le sait qui le retient chaque soir pour le service d'ordre, « plus complexe en ces régions de voyous citadins », annonce-t-il. « Toujours te méfier des petits quidam de la rue », lui glisse-t-il avec suspicion.

Puis un soir, Barnum ajoute : « Demain, nous aurons besoin d'un guide de tel que toi : un guetteur ! »

Ainsi fait le soir, très tard, par une nuit presque noire. Après le spectacle, on a fait venir Johnny dans un immeuble de bureaux passablement triste. Il n'en a vu que la cage d'escalier. Barnum lui a demandé de guetter par une fenêtre, prétextant attendre quelqu'un pour une surprise.

Johnny est calme. Johnny a froid. Octobre à New York, se dit Johnny, c'est comme un dimanche de décembre à L.A. En plus gris.

Johnny s'emmerde. Au-devant, la rue l'invite à un saut de près de 6 mètres, ou 7 mètres ? À jauger. Johnny se retourne et vise la lumière tamisée du couloir. Il se sent un peu comme un enfant caché, avec le léger brouhaha des adultes tout à côté. Mais il croit aussi deviner parfois des cris, des objets lourds qui chutent.

Il va pour zieuter par la porte, quand Boom Boom entre comme une fusée.

— T'occupes, il fait. 'Z'ont bientôt fini. Je finis de leur filer un coup de main, tu m'connais. Pardon pour le bruit.

Il glisse une accolade à Johnny. Johnny hoche la tête, s'en retourne à sa fenêtre.

La ruelle est vide.

Puis des ombres passent. Un mouvement va pour glisser sur la paroi, puis Johnny distingue un homme, qui donne un grand coup de pied à un gros sac, ou approchant. Une femme emmitouflée dans un large manteau titube sur le mur et deux hommes, trois, quatre la repoussent plus avant en riant, hurlant, sifflant. Elle s'écroule sur le mur d'en face, perd une chaussure, un des hommes la ramasse et lui jette, un autre la ramasse encore et la frotte sur son sexe. La femme crie, les hommes éclatent de rire et le plus fort se jette sur elle pour lui écraser le visage contre le sol.

Il éclate encore de rire et la gifle. Elle se débat et lui plante le genou dans l'entre-jambe. Il l'assomme d'un coup de poing, quand les trois autres la saisissent aux jambes.

Sans réfléchir, Johnny bondit dans la rue. Mais sans élan, le saut est bien plus haut que prévu. Johnny manque de s'écraser contre une benne à ordures et replie ses jambes mécaniques de tout son poids. Un grand claquement vient dissiper l'énergie du saut de Johnny : le boom fait gronder toute la benne comme un immense ventre métallique.

Dans la ruelle, les types croient qu'un type s'est suicidé dans la poubelle et rigolent.

— Whoho, le mec !

— … L'est mort ?

— Naaan… Dis, tu veux mater, salopard ?

— Viens un peu ici.

— C'pas possible, l'a dû se péter les guibolles !

La fille émet un petit cri de peur et se renfonce dans la pénombre.

— Tais-toi la pute, t'vois qu'même ce connard tombe comme une mouche d'vant nous !

Ils ricanent et ne s'occupent déjà plus de Johnny.

Johnny se redresse de toute sa stature et les contemple. Un vrai vampire sorti d'un réduit de l'enfer. Un instant, ils en restent stupéfaits.

— Eh… Qu'est-ce tu veux toi, espèce d'enfoiré…, fait le plus grand. T'veux mater ou t'veux ton compte aussi ?

Ils sortent les lames. Quatre lueurs blanches sous la lumière blafarde des lampadaires sales. Le type le plus en retrait projette la fille de côté et elle s'écroule dans les poubelles.

Déploiement. Ils fixent Johnny avec amusement et colère. Il les a dérangés en pleine prédation. Lentement, ils s'écartent les uns des autres au milieu de cette impasse obscure pour mieux l'encercler. Johnny ne va pourtant aller nulle part : un grand mur se dresse derrière lui.

Position d'attention. La canne de Johnny repose tranquillement contre sa jambe droite. Johnny les fixe calmement de sous le bord de son chapeau qui approchent à pas de loup, tout à travers de son masque de cirque. Visibilité parfaite.

— Putain, un canné fait l'un deux.

— C'est vrai, il a une tige, crie un autre.

— T'qui toi, pauvre connard ? D'où qu'tu déboules avec ta canne et ton galurin ?

— Ah ! Ah ! rigole un autre. C'rien qu'un con. T'vas voir, salope…

Il tend sa lame. Brisé. La canne de Johnny lui claque en plein visage et il porte les mains à son nez. Latéral gauche. Il se penche sans plus prêter attention à son couteau et Johnny lui fait sauter des mains tout en lui cinglant le genou.

Il beugle. Son copain de gauche veut gratifier Johnny d'une estocade dans le dos. Fente arrière, latéral croisé. Il reçoit sa canne dans les genoux, les cuisses, le ventre, les avant-bras. Il en lâche le couteau et reste les mains ouvertes. Enlevé. Il reçoit son coup de pointe en plein front et hurle projeté en arrière.

Celui de droite s'élance à son tour. Parade, croisé bas. Comme il va pour couper la jambe de Johnny, son pied en plein menton le retourne et le projette sur le dernier qui reste ballant. Les deux s'écroulent et le tout premier reprend ses esprits. Il estoque. Croisé bas, fente avant. Il perd l'équilibre et dans un craquement Johnny lui écrase la trachée d'un instantané coup de pommeau dans la glotte.

Johnny reste seul debout au milieu des quatre. À trois mètres, la fille gémit puis rampe dans la ruelle. Au-delà de ses cris affolés, des miaulements de chat, très loin un chien qui aboie, et : grand silence.

On siffle. C'est Boom Boom qui du haut de la muraille attire l'attention de Johnny. Johnny regarde autour de lui. Les quatre cons ont l'air d'avoir leur compte.

« Eeeh… pschiiittt ! » fait encore Bobby. Johnny relève la tête et le regarde tranquillement, pas peu fier de ce qu'il vient de faire.

— Mais qu'est-ce que tu fous, bordel ? T'pas sonné ! Barnum a dit de rester faire le guet !…

Il essaie de murmurer mais la colère emporte sa voix jusque dans la rue, alors il grimace et baisse d'un ton.

— Petit règlement de compte, glousse Johnny.

— ... Quel règlement de compte, putain ? Tu les connais même pas ces mecs… Remonte !

— Ils importunaient la fille.

— Et elle s'est déjà barrée appeler les flics ! Grouille-toi !

Mais Johnny est en dessous de la fenêtre et il y a bien huit mètres jusqu'au parapet. D'en haut, ça n'y paraissait pas… Johnny comprend mieux la secousse qu'il a ressentie en atterrissant. Intéressant…

— Magne ! fait Bobby. Les autres ont bientôt fini…

Johnny avise un gros ventilateur électrique sur le mur d'en face à deux mètres, deux mètres cinquante. Sa grosse boîte carrée suinte les saloperies et le jamais de soleil. Sans élan, en un bon Johnny est dessus, mais il doit encore s'accrocher à une vieille gouttière pour ne pas perdre l'équilibre.

Derrière lui Bobby ne pipe mot, il est très impressionné par sa petite prouesse. Malgré lui, il finit par sortir : « … pas mal, les jambes… » Johnny se retourne. Encore quatre bons mètres, facile. Il plie de tout son poids, il bondit. Le ventilateur lâche et s'écrase en bas au moment où il part. Johnny a le temps de se rattraper au parapet par le crochet de la canne, et d'un geste ample il finit son saut pour se remettre debout sur le bord de la fenêtre.

Le cube du ventilo' fait un vacarme ahurissant dans la ruelle. Au loin, un chien aboie et on entend une porte claquer. Ils attendent le silence.

— Ah ! Quand même, fait Boom Boom, t'bien failli pas y arriver.

Mais il est tout de même très étonné, c'est plus fort que lui et il regarde par-dessus la rambarde pour apercevoir les sept bons mètres de vide que Johnny a grimpé en un éclair.

— Ça y est, t'es content ? lance-t-il d'un air de reproche. T'es un vrai clown maintenant, on peut y'aller ?

Johnny ne réalise pas encore ce qu'il veut dire. C'est seulement le soir, dans sa roulotte qu'il contemple le résultat. Un des voyous a eu le temps de le cisailler et le pantalon, et le masque avec son couteau. On dirait que Johnny rit de travers : le masque de clown que Barnum leur a donné à tous rit désormais, de travers. Johnny n'a pas revu Barnum depuis la fin de l'opération, ils n'étaient pas dans la même voiture au retour. Johnny sait juste que tout a fonctionné comme Barnum le voulait. Quand il s'invite dans sa roulotte, ouvre en grand la porte, suivi de Josh et de Boom Boom, pour se planter devant lui alors que Johnny a encore le masque balafré à la main.

— Tu n'es pas soigneux, mon gars, fait Barnum dans un sourire comme il voit le masque et la rigole de rouge qui part de la lèvre gauche.

— Faux mouvement sans doute, répond gauchement Johnny.

— Au moins, tu t'en sers… Il désigne son pantalon déchiré et sa jambe mécanique par en dessous, avec sa lourde canne.

— Si j'le surveillais pas…, commence Boom Boom.

— Vous les clowns vous êtes trop sages, coupe Barnum. On vous dit de faire une bêtise : et bien tranquillement, vous la faites !

Tous restent idiots devant cette vérité.

— Au moins lui, fait Barnum en regardant Johnny des pieds à la tête, pendant que ses petits copains s'affairent à la leçon, il prend le temps de découvrir le jardin !

Il lui adresse un sourire en coin, plus terrible que celui du masque de Johnny. On croirait qu'il a été fait pour lui.

Puis il s'approche et armé de son haleine fétide il regarde bien Johnny dans les yeux.

— La prochaine fois, mon bonhomme… Tâche de ne laisser aucune trace…

Il recule, lui attrape le masque des mains, le contemple en pleine lumière et le jette avec nonchalance sur le lit.

— Mais je suis content de toi, bonhomme ! s'esclaffe-t-il bien fort à l'attention des autres. La prochaine fois, il faudra faire ça utilement. Prenez exemple, vous autres !

Et il sort avec les deux sbires sur ses talons.

11
Vol au Musée

Barnum raconte aux enfants que la pluie est bonne mais injuste.

Oui, Monsieur. Mais la Justice c'est pas un truc Divin. Non, Monsieur. Parce Dieu il s'en fout des hommes. Il s'en fout tellement, qu'Il se fout surtout des p'tits enfants avec leurs papas et leurs mamans, pleins d'amour de les avoir amenés au spectacle, mais bien incapables de les protéger de toutes les atrocités de ce monde… merdique…

Dehors il pleut à verse : New York en décembre…

Alors, pensez seulement à prévoir un parapluie si vous ne vouliez pas être mouillés, bande de petits cons !

Quand Barnum raconte ça aux gosses, le bide débordant dans son vieux rocking chair à la sortie du spectacle, c'est comme la seconde d'avant que le Père Noël tienne les gosses dans ses deux grosses mains lubriques : tous demeurent interdits d'une fascination mêlée d'un effroi intenses.

Il pleut encore.

Les deux clowns en savent quelque chose. Le Triste laisse couler sur son visage les rigoles de son maquillage, sa conjonctivite rajoute à son air de chien battu, et fou.

L'Auguste contemple les baies vitrées du Guggenheim de son air le plus renfrogné. Sa bouche lipeuse commet un atroce rictus grimaçant. Sous les trombes d'eau ruisselantes des terrasses en amont, son gros nez rouge paraît un vilain groin de loup enrhumé.

Il balance ses bras sèchement, par à-coups irréguliers, comme attendant, avec son naturel hystérique, qu'on vienne se soucier de lui. Plusieurs fois, quand les torches des gardiens viennent à passer, il éternue bruyamment dans un bruit de trompette, qui éclabousse de morve les vitres.

À côté, le Triste continue de gémir, mi demeuré, mi sincèrement affligé.

Un gardien vient enfin s'enquérir. C'est un balaise, un costaud, qui éructe tout de suite sur ces hurluberlues.

— Bon Dieu ! il fait. Vous voyez pas que c'est fermé ? Pas de démarcheurs ni de saltimbanques dans l'enceinte du musée, 'savez ça !

Le Triste se plie comme une guimauve aux jambes du factionnaire, lui détrempant au passage les souliers.

— Par pitiééé grâce de vous mon seigneuuur ! Nous cherchons notre adorée petite sœur Claily chériiie !

— Vot' sœur ? vocifère le gardien. Ce sont les affaires de la police ça ! ‘Z'avez rien à faire ici !

— Qu’est-ce ça demande, chef ? glisse un autre par-derrière.

— Des cons de manouches, Chef ! Qu’y ‘z'ont perdu leur sœur, y paraît. Putain de tordus, j’te jure ! Foutez l’camp, on vous dit !

— Avez-vous vu notre petite sœur… ? s’immisce par-derrière une délicieuse voix féminine.

— Ouah ! C’est quoi ? s’écrit un troisième gardien resté dans l’ombre.

Une silhouette mélusine se présente dans la lumière. C’est une magnifique jeune femme qui avance, seins nus, roulant des fesses.

Les trois gardiens restent bouche bée devant cette apparition, aussi belle que vénéneuse.

L’Enchanteresse approche le plus grand et se plante sans détacher son regard, sous son nez. Elle est de très petite taille, et ses seins affleurent son bas-ventre, sa ceinture.

Elle lui esquisse un sourire au milieu de son regard vert, profondément magnétique, et tandis qu’il se perd un instant dans ces yeux, muet d’hébétude, le chef n’a pas le temps de se redresser dans sa chaise qu’une autre main vient langoureusement s’appuyer sur son épaule.

— S’il vous plaît, glisse une nouvelle voix suave par derrière lui, aidez-nous à retrouver notre petite sœur...

De surprise, il fait un bond vers le hall d’entrée, le taser à la main.

— Allez ! Ça suffit ces conneries ! Les gars sortez-moi ça en vitesse ! Les saltimbanques et autres happenings, on a assez donné pour aujourd’hui ! C’est pas le genre de la maison à cette heure-ci !

Le garde resté en retrait du premier lève la tête en l'air :

— ... chef, qu'est-ce que c'est ?

Au-dessus des trois, une grande ombre noire dessine un corps étalé sur la verrière.

— Clailyyy ! Notre petite sœur ! s'écrient ensemble les deux enchanteresses qui brandissent leurs bras tels des trophées.

L'ombre remue tel un spectre, comme lovée à la verrière. Les trois gardiens paniquent. Le plus grand va se tourner vers le clown resté à la porte quand l'Auguste lui jette un regard, les traits hideux sur son nez rouge qui ruisselle de pluie. C'est un géant aux pieds disproportionnés, sa salopette, sa veste à grands carreaux et son œillet circulaire paraissent grandir avec lui. Le gardien a le temps d'écarquiller les yeux, voit le reflet d'une grande lame au bout d'une manche bouffante...

Le second voit l'ombre du plafond de verre se recroqueviller telle une boule, et tomber à terre, puis se redresser comme une toison dressée sur la moquette.

— Ma chérie ! s'écrit encore l'Enchanteresse, tu nous manquais !

Le gardien va pour tirer au taser quand un éclair lui coupe net la respiration. Il déglutit du sang, avant de voir, par le recoin d'une fenêtre, une main agile et dansante caresser un coutelas.

À son tour, le troisième veut se précipiter sur l'arme de son voisin, quand le clown triste l'agrippe par les jambes et le fait tomber.

Indifférent à sa frayeur manifeste il se met à le battre comme un fou et lui hurle dessus :

— Ooouuuhhh ! Ooouuuhhh ! Ooouuuhhh ! Mon Seigneuuur ! Pourquoi ! Pourquoi… nous abandonnes-tuuu ?

— Laiss… Laissez-moi ! gémit le gardien à moitié assommé par les coups. Arr... Arrêtez !

Le Triste hurle et crie, hurle, et crie, griffe comme un dératé, hurle et crie, ses hurlements tantôt déments tantôt sincères, deux voix distinctes, l'une enfantine l'autre folle mêlées entre elles… Au bout d'une longue minute le garde cesse de geindre, n'est plus remué que de petits tressautements, et c'est l'Auguste qui vient relever son compagnon, encore pleurnichant. Celui-ci ne desserre les doigts que sur une bouillie de chair et de sang qui fut jadis un visage.

— C'est bon, c'est bon, dit benoîtement l'Auguste, 'l'a son compte, ne te fais plus de souci pour lui.

— Ooouuuhhh, Ooouuuhhh, Ooouuuhhh…, gémit le Triste sur l'épaule de l'Auguste, pourquoi faut-il qu'ils meurent tous avant qu'on soit amis ?

— C'est comme ça, t'en fais pas, c'est comme ça…

— … Ooouuuhhh, Ooouuuhhh, Ooouuuhhh…

— C'est comme ça, tu sais bien, c'est la vie…

— … Ooouuuhhh, Ooouuuhhh, Ooouuuhhh… Pourquoi, mon Dieu… Ooouuuhhh…

— Oui…, glisse encore l'Auguste passablement agacé.

— Allez tout le monde, on se dépêche, ordonne fermement l'Enchanteresse.

Une heure plus tard, tout est dégagé. Barnum arrive posément avec sa suite, les nains et le lampadaire qui dodelinent et sautillent comme un lampion et des roquets.

— Comme j'aime quand le boulot est bien fait, sourit-il.

Puis sèchement :

— Suis-moi le nouveau, qu'on te montre pourquoi on fait tout ça.

Johnny, qui s'est contenté de monter la garde à l'extérieur pendant l'assaut, découvre à son tour les lieux.

Clofullia arpente en long et en large une pièce suspectement immaculée, l'air hagard, comme reniflant, tandis que les frères Riccinelli tuent le temps à aiguiser leurs couteaux et à faire des bras de fer. De temps à autre, ils s'insultent encore, copieusement en italien et rigolent à grandes tapes sur l'épaule.

Les jumelles se refont une beauté aux toilettes armées d'un étrange baume carmin, qu'elles appliquent sensuellement à leurs quatre lèvres, l'une sur l'autre face à face. Johnny passant elles le défient : « Viens-là, mon beau, que l'on te morde… », disent leurs yeux tout quatre.

Assis sur une chaise métallique de cantine, l'Auguste aiguise son grand couteau d'une nervosité efficace, la mine toujours préoccupée et bougonne.

— Qu'est-ce qu'y faut pas faire pour tous ces cons ! grommelle-t-il plein de hargne.

Et il sort une tête d'un grand torchon qu'il se met en devoir de couper en deux, par le sommet.

Son grand couteau va pour découper proprement le crâne, le front, le nez, quand le clown triste caresse les yeux du cadavre avec ses doigts.

Ce n'est pas la première fois que Johnny voit un mort. Pourtant, avec effort il contient un malaise perceptible de tous.

— Arh ! Mais arrête de chialer à la fin ! crie l'Auguste comme pour lui.

Johnny cherche Barnum du regard, qui se détourne déjà.

— Que je nettoie un peu tes conneries ! il ajoute.

Le clown triste explose en larmes et gémit de plus belle.

— AAARRRHHH ! Je t'ai dit d'arrêter ! MERDE ! T'entends ? Putain d'espèce de connasse de pisseuse, arrête de chiALLLEEERRR !

Et il le gifle violemment.

Aussitôt, le clown triste s'interrompt, dans un silence absolu, se lève et quitte la pièce.

— C'est vrai quoi merde ! gueule encore l'Auguste. Faut toujours qu'il finisse par gâcher la fête !

— Bonne découpe, commente Barnum avec indifférence en passant devant lui.

— Vous savez bien mon dada de taxidermiste, Doc', dit-il en s'aventurant à un début de sourire.

Plus loin, derrière un mur que cachait un tableau, ils ouvrent un grand coffre chromé comme une montre géante, avec tous ses mécanismes parfaits et brillants.

Curieusement, Barnum semble connaître sans hésitation la combinaison. Puis un plus petit, grand comme un tiroir de bureau, au milieu d'une petite pièce recouverte de tiroirs identiques.

Les numéros défilent de haut en bas, de gauche et de droite mais Barnum semble encore l'ouvrir avec la même assurance et la même bonhomie que si c'était le sien.

Il « a la clef », tout simplement. D'un grand tiroir métallique, il sort une belle boîte en bois précieux, et la tend à Johnny.

— Là ! il fait, mission accomplie.

Johnny prend la boîte sans comprendre, la soupèse.

Il va pour l'ouvrir.

— Teuh ! l'arrête Barnum. On s'en fout de ce que c'est, tant qu'on nous paie !

— Vous ne voulez pas savoir pourquoi tout ça ? grimace Johnny.

— On est des monstres, mon gars, des montres. Des « has been », des charlots, la cour des miracles si tu veux ! T'apprendras ça, ce merdier-là ne nous intéresse pas...

— Ah, fait Johnny avec bonhomie.

Johnny apprend vite. Mais longtemps encore après, il ne peut s'empêcher de scruter les gants de l'Auguste, tantôt rouges de sang, soudain d'un blanc immaculé.

Partie III
Bernard
L'adversité

12
L'inspecteur Bernard

L'inspecteur Bernard était dans son bureau qui compilait de vieux dossiers, essayant sans conviction d'y mettre de l'ordre. C'était une habitude qu'il avait prise depuis son entrée maintenant lointaine dans la Police, c'était une marotte bien plus qu'une méthode, à laquelle il s'appliquait parce qu'il avait appris, sur le tas, et plus par l'escalier que par l'ascenseur, que son flair de flic se nourrissait bien mieux de toutes ces impressions à froid, en rapport avec des affaires à chaud. Mieux qu'un rituel, c'était son l'expression de son sacerdoce, et l'inspecteur Bernard était de ceux qui se pétrissent le mieux dans leurs habitudes.

Ici, il faisait le tri entre de vieilles affaires d'agression non élucidées, des viols, des meurtres, des vols à main armée, et ses préoccupations du moment. Il n'aurait su dire ce qu'il cherchait, mais il cherchait et c'était déjà ça. En ce moment, l'histoire de la prostituée sauvée d'une bonne dérouillée par un quidam « handicapé » intriguait tout le monde. Aucune revendication, aucun signalement, aucun mobile… Il y avait bien eu, la même nuit, dans le pâté de maison voisine, le vol de documents précieux, puis la semaine suivante trois meurtres sauvages au musée Guggenheim, sans compter un disparu, accompagnés d'un vol également, mais tous ses collègues étaient déjà dessus et il n'aimait guère travailler en équipe. Vieille habitude de limier : il avait besoin de renifler seul ses pistes, et de ne pas se faire tirer la laisse dans telle ou telle direction selon le bon vouloir du commissaire.

Et puis il ne voyait pas bien le rapport : d'un côté des vols mystérieux dans un musée prestigieux et son annexe, si mystérieux d'ailleurs que le conservateur avait tout simplement refusé d'indiquer aux policiers la teneur exacte des documents dérobés, et que les fouille-merdes des assurances s'étaient aussitôt engouffrés dans la brèche, laissant ses collègues sur le carreau, malgré leurs protestations.

D'un autre côté, il y avait une altercation, gratuite pour ainsi dire, « altruiste » même, puisque bénéfique pour l'un des intéressés : la prostituée, et attenant à une certaine notion de défense et de justice. Cependant, il laissait là parler son flair.

Bernard aimait bien ces mots à la française, entachés qu'ils étaient à une certaine représentation du monde. Lui-même portait un nom bien français, que ses collègues qui l'appréciaient appelaient « Bairnarde », s'appliquant à un français poli très américain, tandis que ceux qui le détestaient l'appelaient vulgairement « Barnaby », « Barnaby… », « Barnaby ! », « BARNABY ! »…

Bernard avait des considérations somme toute très personnelles, et des mots et des gens et des choses qui vont avec. Il disait notamment : « On est tous le con de quelqu'un », ou encore, d'un naturel prudent : « Je préfère passer pour un con que pour un mort ». À ceux qui poussaient la curiosité à demander d'où il tirait pareilles inepties pseudo philosophiques, il répondait tout de go que ça lui venait de son grand-père, Français respecté s'il en avait été, et cultivait ainsi un petit mystère sur sa personne véritable, toute empreinte de ringardise.

Il est des personnes comme ça qui paraissent vingt ans, trente ans de plus que leur âge véritable, du fait de leur mise ou de leurs idées. À l'inverse d'autres paraissent aussi plus jeunes, bien qu'elles s'y accrochent finalement plus longtemps que des gens comme Bernard ne tiennent à leurs petites lubies personnelles. Là est sans doute la vraie sincérité : assumer plutôt que feinter avec le temps qui passe, sur vous ou sur le monde qui impose les modes pour les emporter aussitôt.

Bernard avait une arme maîtresse, caractéristique des véritables victimes de la vie, comme des espions : il passait inaperçu. Pour cela, aucun effort ne lui était nécessaire, pas plus qu'aucune préparation, aucune allure détachée. En vérité, on ne faisait attention à lui que bien en face, à l'instant seulement de la question qui fâche. Même s'il était très grand, on ne remarquait même pas sa tête placide par-dessus la foule. Il avait quelque chose de lisse, et de transparent.

Cela tenait vraisemblablement à son allure aussi particulière qu'insignifiante : son allure ancienne. Bien que pas plus âgé que 40 ou 50 ans, Bernard avait positivement l'air vieux. D'une vieillesse usée, pas nécessairement moribonde ni sénile, d'une vieillesse qui inspire une certaine indifférence. Bernard répondait en cela à ce dicton que le commissaire lançait à l'envi, tout méprisant et souriant, le voyant passer : « Les vieux font de bons flics ».

Néanmoins, cela prodiguait à Bernard un bénéfice qu'aucun autre flic n'était assez malin pour comprendre : la tranquillité. Quand bien même certains de ses collègues l'appréciaient pour sa gentillesse, ses à-côtés taciturnes et ses idées en décalage avec ce qui paraissait dans l'air du temps le faisaient peu demandé des réunions d'urgence, des conférences hebdomadaires comme des bars à flics et des pots de collègues. On ne le voyait jamais dans les barbecues, les bar-mitsvas, les baptêmes ou les mariages, toutes ces fêtes de famille que les flics aiment à passer entre eux, ne distinguant plus très bien, après quelques années de service, le véritable noyau familial de la vie de groupe.

Il avait ainsi pour lui tout le temps de creuser à fond « ses » enquêtes, qu'aucun collègue ou presque ne venait lui contester, et de cultiver son jardin secret de senteurs quasi canines : son flair de flic, authentique, car c'était là bel et bien sa plus grande fierté. On ne le voyait pas, mais lui vous voyait.

Un acte gratuit donc, « altruiste » reprit-il : s'il en est, ça ne colle pas avec un vol de musée… Cela a trait plutôt à un règlement de comptes, ou à la chance d'un fou, ou à la rédemption d'un misérable.

Si cela a trait à un règlement de comptes, alors le cas n'est plus altruiste mais intéressé : une prostituée et quatre margoulins, pas d'argent volé, une victime ingrate qui ne dit pas merci et s'en va ameuter tout le voisinage… Les agresseurs étaient connus des services de police, deux sont morts des suites de leurs blessures (le mystérieux visiteur les a sacrément dérouillés !), et les deux autres ont plus à dire sur leurs motivations que sur les siennes. Aucun intérêt donc, pas de règlement de comptes et l'on en revient à l'altruisme.

Si c'est la chance d'un fou, cela pourrait expliquer alors le masque de clown que les rescapés de l'agression s'étaient empressés de décrire lors des premières constatations de l'enquête : une espèce de masque blanc, peut-être de type vénitien si l'on en croit les tentatives maladroites des intéressés pour préciser les contours de ce faciès, mais recouvert de peintures très désordonnées : le nez rougi, les joues bleutées, le menton passé au jaune vif. L'individu avait très vraisemblablement des goûts très déterminés quant à son apparence, comme le confirment d'ailleurs les détails ayant trait à ses vêtements : une élégante redingote rouge et or, bombée, cintrée et d'une coupe plutôt ancienne, un grand fouloir blanc qui lui protégeait le cou, un chapeau tricorne à grelots, en feutre jaune et rouge, très exactement de la même couleur que la redingote. D'étranges bottes à claquettes encore, sèches et précises comme un coup de trique, et les voyous qui étaient morts sous les coups du mystérieux agresseur pouvaient encore en témoigner par les stigmates laissés sur leurs corps, clairement attribuables pour nombre d'entre eux à de très violents coups de chaussures à la nuque et dans le ventre.

De très légers dépôts de cire à chaussure, ou de vernis de mocassins de danse, avaient été relevés sur les vêtements et même dans le cou d'une des victimes de l'agression. Autre fait notable qu'il convient de ne surtout pas omettre : une canne a servi d'arme. Destinée plutôt au soutien de la marche, ici cet objet, utilisé jadis pour la défense des bourgeois encanaillés dans les quartiers chauds, avait resservi encore il faut croire, mais dans une destination beaucoup plus belliqueuse si l'on « puit » dire… Les assaillants avaient littéralement été rossés avec cette canne, tant et si bien que, finalement, aucun d'entre eux n'avait pu fournir de détails suffisamment précis pour son identification : « longue et dure », avait dit l'un, « un vrai truc de ninja », avait dit l'autre…

Aucun élément matériel n'avait pu être formellement établi à son sujet mais toujours est-il que l'objet, fortement contendant, avait bien servi à donner la mort aux deux protagonistes décédés, ainsi que de manquer d'achever l'un des deux autres survivants.

« A ce sujet j'ai donc rédigé un petit mémorandum afin d'apporter quelques éléments préliminaires : ils serviront le cas échéant, quand et si les indices matériels s'avéreraient plus précis quant à la détermination de l'objet, et pourront toujours être repris par les officiers qui me succéderont sur cette enquête que je soupçonne fort complexe.

« La « canne » doit mesurer approximativement entre 120 et 140 centimètres, si j'en crois la position des protagonistes au moment de l'assaut et la diversité des coups reçus. Elle est en bois durci et verni : aucun dépôt métallique, même microscopique n'a pu être relevé et le vernis doit être au moins à double, voire triple couche pour assurer ainsi à la prise du manche une parfaite rigidité et adhérence, si j'en crois les témoignages de la prostituée et des survivants de l'assaut. Par ailleurs, si l'objet avait été métallique l'assaillant n'aurait pas pu le manier avec une telle dextérité, et aussi longtemps, étant donné que l'attaque a vraisemblablement duré plus de 5 minutes, et à un rythme de coups donnés absolument vertigineux si l'on en croit les blessures et contusions constatées sur les cadavres et les autres intéressés. Nous avons donc affaire à une canne, « typique » si j'ose dire, de la première moitié du XXe siècle, ou du tout dernier quart du

XIXe siècle. Un objet qu'on ne trouve plus guère que chez les collectionneurs ou chez les costumiers, les accessoiristes de foire, peut-être les théâtres.

« Cela rejoint mon propos de départ qui voulait que la question soit posée entre un acte intéressé, un acte dément ou un acte dit « altruiste ». Si la question de l'intérêt me semble d'ores et déjà écartée, un fou n'aurait quant à lui pas pu procéder à pareille mise en scène, surtout pour se placer dans un danger si grand que représentaient tout de même quatre criminels aguerris, violents, armés de couteaux et en passe de régler son compte à une prostituée qui ne voulait plus leur obéir.

« Reste donc la solution, et l'intrigue si j'ose dire de l'acte réellement altruiste, celle du « justicier » en quelque sorte, qui passe par là, voit une femme se faire agresser et s'empresse d'intervenir sans poser plus de questions. Il n'avait pas prévu le coup sans doute. Mais alors pourquoi une telle mise, aussi recherchée en ces rues malfamées des quartiers nord, et à une heure aussi tardive ? C'est vraisemblablement quelqu'un qui ne craint en aucun cas de sortir comme il l'entend, et prend même un certain goût à s'habiller avec une certaine… « nostalgie ». Le masque de clown soulève cependant encore des questions : de qui se moque-t-il ? Qui cherche-t-il à interpeller avec un tel accoutrement sur la figure ? A-t-il un message à faire passer ?

« Pour tous ces éléments à la fois minces, mais essentiels, anodins mais manquants, je penche pour le moment la balance dans le sens d'une affaire bien compliquée dans laquelle nous aurons maille à partir. Les dossiers voisins que j'ai pu relever par ailleurs sont très minces : deux femmes agressées et sauvées *in extremis* dans les années quarante par un ou plusieurs inconnus qu'on n'a jamais pu identifier… Nous en sommes très loin. Même si le grand-père de notre justicier de l'autre soir avait vécu à cette époque, il n'est pas dit qu'il aurait fait acte de salut par une algarade à travers sa descendance.

« Nous en sommes donc pour le moment au point mort, et je ne puis que recommander d'attendre le plus attentivement du monde, la suite des évènements… »

13
Une carte

— Tire une carte, petit.

— Pourquoi ?

— Tire, je te dis. Nous allons vérifier quelque chose.

Johnny tire une carte : la Mort.

— Tes pattes, fait Barnum. Elles sont parties loin, tu les regrettes.

— Qu'est-ce que ça veut dire ? demande Johnny.

— Attends, on va comprendre. Tires-en une autre.

Il tire une carte : La Prêtresse.

— Foutue salope ! s'écrie Barnum.

— … C'est pas bon ? demande Johnny.

— Au contraire mon gars, reprend Barnum. Mais tu tires toujours les mêmes cartes, c'est magique.

— Comment ça ?

— Un genre de malédiction, je dirais. Ou de bénédiction, ça dépend de comment tu le prendras… Tes pattes ne sont pas parties pour rien, je te dis.

Puis Barnum tire une carte pour Johnny, la retourne et fait la grimace : le Jugement.

— Arf, il fait. C'est toi, tu as ensorcelé les cartes.

— Je ne comprends pas.

— Ton fluide insuffle sa force aux cartes. C'est dangereux de lier son destin au tien… Ton chemin est tout tracé.

— Mais encore ? commence à rire Johnny.

— Garde ce jeu avec toi, soupire gravement Barnum. Allez, là, je te le donne. Garde-le, ne le perds pas. Tu couperais la tête à plein de monde…

Il s'éloigne, mystérieux, laissant Johnny avec ses doutes, fasciné. Il regarde le jeu et le jeu le regarde.

Les jours allant, Barnum consacre de fait beaucoup de temps à Johnny. Son œil ne paraît jamais fatigué, d'une lumière mauvaise sempiternellement à l'affût, d'une lueur de loup. Dort-il jamais ? Johnny ne le voit jamais fatigué, seulement parfois saoul, d'une torpeur hautaine qui cache des crocs acérés pour tout : tantôt, il remontre à un imbécile de mécanicien qui ne sait pas monter le chapiteau, tantôt il rudoie un nain, un clown, le géant… Il ne paraît jamais réellement satisfait, trouve à redire sur tout, les couleurs trop sales des carrioles, le teint de plus en plus grisonnant de son lion, l'indolence des sœurs Mantes, la lubricité puérile des frères Riccinelli, du boucan que fait sans prévenir Boom Boom, jusqu'à la bouffe.

Cependant, il demeure avec Johnny d'une parfaite indifférence à ses faits et gestes, matinée d'une mansuétude aussi impromptue qu'inattendue.

Il l'aborde encore, et s'enquiert chaque jour davantage de son confort.

***

Une autre fois, il prend à Barnum de développer une toute particulière philosophie.

« Vois-tu mon gars, Dieu n'a qu'une vérité : ce Connard existe. Il est là, il a foutu son code partout. Nous ne faisons tous que suivre ses petites règles. Mais Il s'en fout de nous. Tous ceux qu'ont dit le contraire avaient juste un peu plus de baloches que les cons qui les écoutaient. Et y en a plein aujourd'hui qui écoutent encore. Les messies, toutes ces conneries c'est juste la Voix des morts ! S'ils savaient, les vivants ! explose Barnum dans un fou rire, ils fuiraient cette merde pour profiter de leurs petites vies toutes simples ! Ce Connard en chef : Dieu, a foutu ses codes partout mais Il se fout royalement de ce qu'on va en faire, Il aura toujours le dernier mot !

Du coup, quand on sait ça, on a un coup d'avance sur les pigeons. Les cartes, comme j't'ai montré l'autre jour, ça file des codes à exploiter dans ce monde : c'est courir après la vérité. Ils ont été nombreux, les volontaires qui le voulaient tout entier, ce putain de monde du bon Dieu qui s'en fout. Les Sumériens, les Égyptiens, les Juifs, les Grecs, même ces putains d'Chinois ! Le Moshe des Juifs a refilé la grosse tête à Yézus qui l'a refilée à Saint Paul. Bouddha a disparu comme suprême intello' et Mahmoud a pigé le truc en paradis d'oasis à putes et à boissons fraîches… Là, les machinistes ont dégobillé Dieu comme une vulgaire cannette de bière sur le portail d'un ranch texan… T'vois, ce sont tous de petits enculés qu'ont eu le melon, Dieu s'en branle et bientôt Mère Nature se fâche… C'est son autre nom, si ça t'amuse dis-toi mon gars que tu peux même te représenter Dieu en suprême travelo' : c'est lui qui a inventé le sexe et la drogue après tout. Le péché, que disent les pisses vinaigres ? Mais bien sûr mon ami ! Laissez-moi les p'tites pépés et je vous laisse votre promesse de paradis ! Là-dessus, les Chrétiens sont je crois les plus balaises, avec les Mahométans qui y vont en criant, manière de se donner du courage : eh ! V'là le Paradis !

Mais en fait, tout connement, c'est comme ça que marche Dieu : la réalité de l'existence fait de si vilains péchés, qu'en fait ce ne sont, ni plus ni moins, que les meilleurs vecteurs de la gloire personnelle, carrément.

Le Diable, tu sais ce que c'est ? Le « plus beau des anges de Dieu », qu'on raconte. Un banni, voilà ce que c'était. Parce qu'il a passé son tour, comme tous les cons que l'Histoire a retenus.

Regarde plutôt. Barnum déploie sur sa table devant Johnny un nouveau jeu : ni tarot, ni couleurs, comme une seule carte, circulaire qui s'étiole en cercle et décrit d'incroyables jouissances : sexe, Johnny en manque, puissance, Johnny en veut, argent, honneur, Johnny s'y voit.

— L'orgueil (*Superbia* en latin) : attribution à ses propres mérites de qualités vues comme des dons de Dieu (intelligence, etc.). Son démon est Lucifer : et tu sais quoi, bonhomme ? Qui s'en dédie est en fait une couille molle !

Barnum sourit à pleines dents, laid et superbe en même temps : un loup parmi les hommes.

— L'avarice (Avaritia en latin) : accumulation des richesses recherchée pour elle-même. Son démon est Mammon. Eh ! On a tous besoin d'un petit chez-soi ;-)

— L'envie (*Invidia* en latin) : la tristesse ressentie face à la possession par autrui d'un bien, et la volonté de se l'approprier par tout moyen et à tout prix (à ne pas confondre avec la jalousie). Son démon est Léviathan. … Le Libéralisme en est le Fruit !

— La colère (*Ira* en latin) : courte folie déjà pour les Anciens, entraînant parfois des actes regrettables. Son démon est Satan : qui n'a, sincèrement, jamais ressenti cette douce et irrépressible chaleur, un jour, dans le creux de sa nuque ?

— L'impureté ou la luxure (*Luxuria* en latin) : plaisir sexuel recherché pour lui-même. Son démon est Asmodée : qu'y a-t-il de meilleur en dehors du fric ?

— La gourmandise (*Gula* en latin) : ce n'est pas tant la gourmandise au sens moderne qui est blâmable que la gloutonnerie, cette dernière impliquant davantage l'idée de démesure et d'aveuglement que le mot gourmandise. Tu remarqueras bonhomme que dans d'autres langues ce péché n'est pas désigné par un mot signifiant « gourmandise » (gluttony en anglais, par exemple). Son démon est Belzébuth : miam miam !

— La paresse, anciennement l'acédie (*Acedia* en latin). Les catéchistes de l'Église catholique définissent l'acédie, terme disparu du langage courant, comme « une forme de dépression due au relâchement de l'ascèse ». Il s'agit en effet de paresse morale… L'acédie, c'est un mal de l'âme qui s'exprime par l'ennui, l'éloignement de la prière, de la pénitence, de la lecture spirituelle. Son démon est Belphégor : pourquoi faudrait-il donc être toujours tourné vers ce bon dieu de Ciel ? Qu'est-ce qu'il a fait pour nous, nom de dieu ! le Ciel… ?

Vois-tu mon gars, le plus heureux des hommes est dans cette vie celui qui parvient à associer, as-so-cier ! avec succès ces péchés capitaux. Paresseux tout en étant envieux, gourmand tout en étant avare, colérique tout en vautrant dans la luxure… Et par-dessus tout, par-dessus tout orgueilleux, fier comme Artaban, imbu de lui-même, démon de sa propre pcrsonne.

Barnum est de ceux-là, uniques et laids qui parcourent le monde et les gens comme autant d'étapes qu'ils souillent, se servant à l'envi, avec envie.

— Mon petit Johnny, je vais t'apprendre la vraie vie !

— Mon petit Johnny, avec moi tu vas connaître enfin la vie…

Et sa dureté, et sa pâleur, et l'effroi qui vous prend quand celui à qui, définitivement esseulé vous avez tout donné, vous rabroue, pour vous apprendre dit-il, la vérité sur le bienséant, et la lumière diffuse des mystères interdits au vulgaire.

« Sérieusement… Tu t'es cru malin, avec ton armée ? Et tes copains de chambrée, et tes virées le cul assis dans un char, et tes armes, et tes grenades ! Mais regardes comme tu en es revenu : coupé en deux, et la moitié tu l'as perdue. Qui t'a accueilli à ton retour, je veux dire : vraiment ? Personne… Si ce n'est les personnes qui te voulaient comme avant : sans passé, sans blessure, sans salissure… Dans les premiers instants de ton retour, tu n'as plus été qu'un jouet cassé. »

« Laisse tomber. À jamais, tu es brisé.

Mais, sais-tu ? Ce bris forme aussi un fruit. La cassure qui ne te tue pas te rend plus fort, comme tant d'autres choses. Et il est d'ailleurs si facile de se briser à quelque chose, et à tant de choses différentes, que la première chose pour toi qui soit à apprendre, à présent, est que la plupart des gens passent leurs existences moribondes à se protéger de tout bris… »

« Rares sont les êtres qui survivent réellement à la brisure, et plus rares encore sont ceux qui se brisent volontairement. »

Belles foutaises que tout ça, évidemment, mais en vérité il a le temps de tout bien entendre Johnny, et même d'écouter tout le souffle du mystère, même s'il n'y comprend rien, car la vérité est justement qu'il n'y a plus de vérité, et que tout le monde l'a laissée tomber. Ceux qui croyaient en lui avant, tant qu'il était ce qu'il était, avant. Ceux qui avaient parié sur lui, comme un étalon sur une course, les militaires, la mission, la foison de médailles, disparues, jamais venues, et l'on s'est bien fichu de lui, de lui avoir seulement donné l'absolution d'un capitaine de Basket-Ball, désormais comme lui en fauteuil roulant…

Peu à peu, sa haine se résorbe pour se muer en colère, matinée d'orgueil et d'envie : le pendant de l'Amour est ainsi toujours mieux décrit. Colère, orgueil, envie. La paresse et la luxure se confondent à la gourmandise et à l'avarice, de rien donner en échange du don qui vous est fait. On prend désormais, comme on exploite un âne bâté qui n'a jamais voulu écouter. Le Cirque, parodie de la Vie, fournit pour cela des exemples aussi universels que précis. Plus n'est même besoin d'en sortir, et bientôt Johnny se complaît à rester parmi les roulottes et les bêtes hirsutes, humaines ou animales qui peuplent tout ce petit décorum d'opérette, ces prodiges manqués.

Ah ! se dit-il, que le confort est grand bien protégé ici du monde extérieur, et des moqueries jetées aux infirmes, et des gens ordinaires qui n'y comprennent rien. Il a grand hâte d'apprendre des Péchés.

« Et puis encore, regarde toute cette putain de société de consommation. Tout est pompé pour te pomper le désir, littéralement. Tu choisis un truc, et tout est fait pour t'en revendre un autre. Les trucs importants ne se consomment qu'une fois de temps à autre : pour tout, tout est fait pour te faire bander sempiternellement. Suffit d'ouvrir un canard pour vivre ça. Regarde les actus : elles sont l'effet le plus simple pour te ravigoter la tête d'une même connerie, et à toutes les sauces. Voilà pourquoi nous vivons en marge. Le Monde tourne, mon petit bonhomme, littéralement. Tous les couillons se font aspirer par le Monde qui porte les sociétés, les religions de mongoliens ou les démocraties de consommation, choisis ton destin Clampin ! Tu sais, ce qu'elles font mes grosses, quand elles invitent le chaland à l'intérieur du dôme ? Elles les matent aux couilles ! Vrai ! Elles les matent des pieds à la tête, chacun chacune, et en scrutant bien le milieu. Et elles les classent par deux : les religieux, et les consommateurs. Ainsi vont toujours les bonnes gens, sais-tu ? Ainsi va le Monde : chacun est toujours un peu des deux, ceux qui se prétendent toujours plus d'un bord que d'un autre commettent déjà un petit péché d'orgueil, eh ! eh ! preuve qu'ils se rêvent déjà au milieu du monde… Et dans le Monde, la merde arrive quand un con croit qu'il est pour de bon tout l'un, ou tout l'autre. Mais quand ils arrivent pour voir le Cirque, tout bêtement, c'est déjà un conditionnement : une variable dépendante, comme dit ce petit con de Josh. Elles les matent et elles les classent : en fonction de ce que le spectacle leur apportera de contemplation personnelle… N'oublie jamais, petit, que nous : nous sommes les monstres : les marginaux actifs. Ni clodos, ni miséreux, toujours dans une précarité de façade… Mais différents, bizarres, inquiétants… et en même temps fascinants. Le Cirque. Et tous, tous, nous laissent aller où nous voulons.

***

Un soir Johnny revient au camp inquiété par un tract reçu en plein visage, balancé par paquets de mille depuis un camion, un hélico, ou un fourgon de police.

« Il a été aperçu la première fois entre Apple Square Building et Kingston Park. Il serait capable de sauts de plus de 6 mètres, et aurait semé entre les ruelles de Harlem six unités de police lancées à sa poursuite. Il s'agrippe aux balcons, aux escaliers de service sur les façades des immeubles. Sans mal, il parvient à atteindre les toits, et passe sans difficulté d'un pâté de maisons à l'autre.

Les forces de l'ordre demandent à tous de ne pas chercher à approcher ni à appréhender l'individu. Il est considéré comme dangereux, puisque ayant déjà agressé plusieurs personnes, dans des conditions qui restent encore à élucider.

Tout renseignement est le bienvenu au standard. La Mairie est en train de discuter du montant de la récompense qui sera attribuée à tout citoyen donnant des informations susceptibles de mener à sa capture. »

14
La fille de Bernard

Dans sa jeunesse, Bernard avait eu une fille, d'un mariage pour ainsi dire avorté, d'une passion unique : peut-être la seule. La mère avait décampé de la vie de l'inspecteur au bout de deux ans à peine, ne parvenant que trop mal à s'accommoder des aléas de la vie d'un flic : l'absence, l'attente, l'inquiétude, la crainte que ne soit arrivé un malheur… Puis l'impatience, la colère, la lassitude enfin : Bernard n'était pas un mauvais mari, mais il avait toujours été meilleur flic que mari. C'est dire, d'une manière comme une autre, s'il était un excellent flic, à tout le moins pour un homme profondément honnête.

De cette courte union, unique dans l'existence toujours trop prise de l'inspecteur, était donc née une fille qui, bien que le père ne l'ait jamais éduquée, tenait tout de lui et le considérait comme un modèle absolu de probité et de courage.

Bien qu'appelée à des fonctions plus casanières de clerc de notaire, l'admiration de la fille la poussa à poursuivre le père jusque dans son travail. Quand elle eut trente ans et que les travaux bureaucratiques eurent achevé de l'exténuer tout à fait, elle s'ingénia à s'immiscer dans son travail au prétexte de lui rendre de menus services. Des courses d'abord, puis des recherches d'information, et finalement il lui arriva même de mener de véritables petites enquêtes pour le compte du très discret mais respecté inspecteur Bernard.

Dans le milieu, cela était pour ainsi dire su de tous. Régulièrement, la hiérarchie de Bernard s'en émouvait, mais il en sortait toujours blanchi, tant il est vrai que sa fille, tenant en tous points de lui, se montrait aussi efficace que discrète.

Et puis tout au fond, Bernard n'aimait pas que sa fille se mêle de son travail, de ses investigations, de ses journées interminables. Mais il n'avait jamais rien osé lui refuser : elle était intelligente, maligne et têtue, et finissait invariablement par lui montrer qu'elle pouvait lui rendre service. Secrètement, et comme envers lui-même, il lui en vouait une fierté toute paternelle.

S'il avait été trop occupé pour sauver son mariage, il l'était également pour offrir à sa fille d'autres moments privilégiés que les excitations de la découverte et les séances de remue-méninges au fond des bars et des cafés autoroutiers. Lui et elle vivaient en permanence sur un qui-vive tranquille.

Et puis c'était une grande femme : plate et dotée d'un visage lisse, si elle n'était pas laide l'on n'aurait pu en aucun cas la qualifier de belle. Le peu de charme de son adolescence avait terni dès ses premières années de travail : elle n'avait pas de vie intime, pas de mari, pas d'enfant. En cela comme dans le reste, elle était bien la fille de son père.

Avec les années, un accord tacite avait voulu que la fille rendît service au père, par des recherches annexes à ses enquêtes qui demeuraient pour l'essentiel très solitaires. Cette relation étrange convenait à ces deux caractères renfermés mais sincères. Une façon comme une autre de s'aimer.

Parfois, elle prenait des risques inconsidérés, et il la sermonnait pour tenter, une fois de plus de la dissuader de continuer à l'aider. Vraiment, cette fois, encore, elle avait dépassé les bornes… Il aurait aimé aussi qu'elle se marie, fasse des enfants, ait un vrai métier, calme et rangé : tout ce qu'il n'avait pas su faire de sa propre vie. Mais sa caboche lui interdisait d'aller plus loin que des échanges de regards froids, et une décision irrévocable qui ne nécessiterait jamais plus d'autres paroles. Peut-être lui avait-il trop manqué quand elle était enfant…

Pour une fois, l'enquête de Bernard allait dans deux sens très différents : il ne progressait guère, mais était maintenant certain d'une chose : sa proie n'était pas un criminel ordinaire. Par criminel ordinaire, il entendait prosaïquement un salopard, un vrai méchant capable du pire. Là, il pouvait tout juste dire qu'il avait affaire à un rusé : doté de capacités hors normes, il ne s'en servait pas directement pour commettre des délits et répondait à toutes les esquisses d'une espèce de chevalier servant. Cependant, c'était un délinquant en ce que ses agissements relevaient de coups et blessures sur la personne des salauds véritables. On ne laisse pas courir dans les rues pareil énergumène, et son signalement était le plus souvent associé à des vols, des cambriolages, des voies de fait.

Débordé et dépassé par les évènements, mais ne tenant aucunement à passer la main à des coéquipiers indélicats qui se moquaient déjà de ses théories sur le « justicier masqué », c'est de lui-même que Bernard invita sa fille à lui fournir divers renseignements sur les contextes des lieux des agressions. La Presse avait fait ses choux gras de ses idées et on le voyait venir de loin. Ses collègues ne lui apportaient aucune aide, lui mettaient même des bâtons dans les roues, par jalousie de sa ténacité sur une affaire aussi improbable ou pour d'anciennes querelles.

La fille de Bernard, bien plus anodine que sa réputation a lui entreprit donc de s'immiscer dans les voisinages pour relever des indices. Mais on ne peut pas toujours faire dans la dentelle.

15
Le p'tit resto italien

— Est-ce qu'on peut causer tranquille ?

Barnum, tout sourire, carnassier :

— Je t'en prie, ventripotent petit rital, fais comme chez toi.

Le petit gros tique, réfrène un vilain hoquet en un rot mat, puis avance.

— C'était pas vraiment ce qui était prévu. Le boss ne sera pas content.

— Pas content pourquoi ? Il a eu son truc, non ? Ton boss… C'était quoi déjà ? Le bouquin de Perlimpinpin, c'est bien ça ? glousse Barnum en dévoilant son énorme bedaine de sous la nappe à carreaux.

— Pourquoi faut-il que tous les cons dans ton genre prennent jamais rien au sérieux ? tempête le petit gros.

— Ben parce qu'on est con, mon p'tit bonhomme, fait Barnum sans se démonter le moins du monde.

De chaque côté, les molosses du petit gros bombent le torse à en montrer le calibre sous l'encolure de la veste.

— Hou..., fait encore Barnum comme un enfant. C'est l'heure de la fessée, c'est ça ? Pour avoir rempli notre part du marché ?

Il se redresse légèrement sur la banquette qui craque de tout son long. Un bon quintal, quintal et demi de bidoche, aussi athlétique qu'agressive, qui contemple deux seconds couteaux entourant un gros bretzel. Psychologiquement comme physiquement : il a le dessus. Un instant, le petit gros tremblote du sourcil.

— Calmons-nous, fait le petit.

Il s'assied à la table en face de Barnum, tandis que les molosses scrutent autour comme le troquet sordide étincelle dans un soudain coup de soleil. Boom Boom s'est improvisé au bar, checkant avec une énergie folle deux contenants à sa sauce. Ce faisant, il danse avec frénésie et élégance, son costume impeccable le cintrant aux aisselles jusque sur ses bâtons de dynamite, comme autant de fusées de petit destructeur des mondes. À trois tables les nains se chamaillent comme des enfants puis se plotent comme des ados puérils. La louve a tenu la porte tout du long, d'une rectitude statuesque elle embrasse la salle d'une vue de sioux, le bac à parapluies à ses pieds, les patères de chaque côté de la tête. Les sœurs Mantes batifolent au bar telles deux petites putes, minaudent vers les gardes du corps et taquinent Bobby le Beau. Par un effet visuel incroyable, le géant sort la tête par le passe-plat de la cuisine et fait mine de cuisiner, ou cuisine vraiment qui sait ? Un brin plus discrets, à peine, les frères Riccinelli plaisantent entre eux à l'autre bout du bar, lancent des sifflets intermittents à l'appel des sœurs Mantes, les huent, « Restez entre vous, salopes ! », puis continuent de causer à part eux comme deux ritals vulgaires qui ne parlent que sicilien.

Le petit gros ne peut contenir un regard perdu de hibou, à la vue du poisson gigantesque qui occupe les deux tiers de l'aquarium au fond de la petite salle, à son extrémité une chevelure blonde laissant deviner un visage. De petits poissons jaunes virevoltant autour disparaissent soudain dans les volutes, et bientôt plusieurs petits squelettes viennent se poser sur le fond.

— T'avais dit que c'était bon, p'tit bonhomme, dit platement Barnum. Le bouquin, les putes, et même ton bazooka de pédé. Regarde Boom Boom, il en a encore les oreilles qui sifflent.

Boom Boom leur sourit avec une énergie hystérique, redoublant de secouer ses récipients à jus : « Merci, les gars ! », il fait amorçant une danse saccadée, « Ça-m'a-bien plu-vos-p'tits-art'ficesss ! » Tant il sautille il manque de faire tomber un verre plein d'une chose d'un vert intense, se rattrape sur l'évier du bar et une fumée violette jaillit du fond qui finit en nuage rose sur le plafond. Une odeur de bonbon envahit le restaurant. Les sœurs Mantes exultent de rire et l'une d'elles tombe à la renverse, ses résilles trop serrées éclatent et révèlent qu'elle ne porte pas de culotte. Elle pousse aussitôt un soupir de jouissance long et intense, tandis que la seconde est prise d'un rire aussi sensuel qu'éthylique.

« Pfff… », fait le géant passant le bras par le passe-plat, et il envoie les premières assiettes.

— Profite toujours de la bouffe, me disait ma Maman, intime Barnum à l'endroit du petit gros. Tu sais jamais quand tu pourras rebouffer.

— Elle était pauvre, ta mère ? fait le gros, se reprenant soudain après avoir décroché de l'aquarium.

— Très, fait Barnum empoignant couteau et fourchette. Ils mangent pas tes mecs ?

— Ils ont pas faim. Ils mangeront quand ce sera l'heure.

— Comme des clébards, quoi.

— On est deux à avoir des clébards, gros.

— Eh ! C'est vrai mon gars ! éclate Barnum et il tapote chaleureusement le petit gros sur l'épaule, le faisant presque voler.

— Bon, fait quoi tout ça ? On va pas parler famille toute la sainte journée.

— Ouais, mec. La sainte salope putain de journée… Tu veux quoi maintenant ? On a fait le job : au poil.

— Oui, mais le Boss dit que c'était trop facile. Une histoire de facilité facile, si tu vois…

— Non. Je dégoise rien à ta langue de plouc de la rue, pauv' pomme. Parle correct', c'tout.

Le petit gros soupire, roule des yeux comme si en vrai il portait des lunettes, puis s'éponge à grosses gouttes.

Murmurant presque :

— Le Boss en veut plus, t'piges ?

— Ah. Suffit de le demander gentiment. Ça fera une rallonge…

— Combien ?

— Ben ça c'est toi qui vois ce qu'il en veut. Putain, 'savez pas demander gentiment, bande de cons ?

— Ouais, OK. Mettons qu'on n'est pas…

Il lance un long regard à toute la pièce.

— … tous sur la même longueur d'onde…

À l'instant, la pute restée assise se passe la touillette à cocktail, une aiguille scintillante et effilée, entre les dents de devant, le scrutant comme la plus belle des salopes.

— … Mais z'êtes les meilleurs barges qu'on a trouvés… depuis ces enfoirés de télépathes ruscofs…

— On n'est pas comme les télépathes ruscofs… Ni les nazillons du Brésil, ni ces enfoirés de Juifs qui irradient dans le noir de Los Alamos…

Boom Boom rabat avec élégance ses bras de chemise et découvre un tatouage, code-barre de quelque camp nazi.

— J'avais compris ça aussi ! opine le petit gros pris d'un entrain forcé. Je l'ai dit au Boss, on casse pas les œufs avec un marteau.

— Ça dépend de ce qu'on veut en faire, du marteau… Les œufs, ils sont pour ton cul, nabot.

— … Pardon ?

— Nabots, bordel ! crie Barnum.

Les deux nains bondissent de leurs chaises et crèvent les yeux des deux molosses de coups de fourchette quasi instantanés.

Le petit gros aperçoit un pied rouler sous sa chaise, n'osant se retourner. Il ouvre la bouche et laisse retomber sa dernière bouchée de pizza.

— … putain… … si tu crois qu'tu peux…

— Je crois ce que je veux, p'tite tête, lui sourit Barnum, caressant de deux ongles de mandarin la croix d'argent trempée de sueur du petit gros qui vient de jaillir de sa chemise italienne.

— … T'veux quoi ? susurre à peine le petit gros qui se décompose sur place.

— La même que la dernière fois, plus la même.

Il se chie dans le froc. Le restaurant s'emplit aussitôt d'une odeur de merde qui remplace le bonbon de Boom Boom.

Immense silence de solitude.

— Tu vas aussi nous rendre un petit service, p'tit rital. T'besoin d'aller aux chiottes ? La bouffe d'Atlas est plutôt remontée, j'reconnais. Bonna Bella, ma si belle petite pute, veux-tu bien accompagner notre invité aux céans ? Notre ami a besoin de se passer un peu d'eau sur le visage.

Mécaniquement, le petit gros se lève et se retourne vers Bonna Bella déjà debout qui lui montre telle une parfaite hôtesse la porte des toilettes hommes.

D'une raideur cadavérique le petit gros quitte la table, laissant voir à tous l'immonde flaque de pisse et de merde qui macule son pantalon italien, par-derrière et même un peu par devant. Quelque chose d'épais coule jusque sur ses chaussettes blanches et déborde sur ses mocassins, laisse des pas bruns sur le plancher.

La porte des toilettes grince comme l'hui du dernier rade pouilleux du fin fond de la Sicile.

Barnum se rallonge sur sa banquette et Boom Boom poursuit sa danse sur une musique imaginaire.

— Tu trouves les gogs, petit bonhomme ? glousse Barnum à l'assistance comme on entend un bruit de robinet allumé. T'as vu on a respecté les codes, je sais que des personnes de ta qualité ont des règles très strictes en matière de courtoisie : petit resto à pâtes italiennes, carrelage blanc et atmosphère intimiste, comme chez le boucher de ma Maman. Tu excuseras le ménage plus très frais, c'est que toi et tes deux gros copains nous avez quelque peu pressés pour cette entrevue.

— … c'était pas l'idée d'vous manquer d'respect…, on entend par la porte entrouverte.

— Nan, c'est sûr, enjoint Barnum, mais r'connais que l'invitation avait comme des airs de sommation.

On entend cliquer une serrure avec frénésie. Une des sœurs Mantes envoie à sa sœur relevée en un éclair un immense sourire de coquine : « T'as vu comme il prend cher le p'tit rital ! » Elles rient ensemble comme deux hystériques.

Barnum les contemple et leur adresse à toutes deux un regard enamouré et cochon.

La porte de derrière s'ouvre et le petit gros tombe nez à nez sur Johnny, bon chien chien qui fait le guet… Le gué…

Le petit gros se décompose encore plus, est-ce possible ?

— Monsieur, lui adresse Johnny plein de politesse.

Le petit gros reste interdit.

— … Je peux vous aider ?

Le petit gros contemple l'athlète troubadour, vraiment très grand, la canne dorée reposée sur l'épaule musculeuse rembourrée de cuir, le masque vénitien aussi beau qu'anonyme.

— Nan, nan… Ça ira.

Il s'en retourne par la porte, et réapparaît dans la salle à manger.

— Aaah, sourit Barnum. Reconnais que nous sommes tous deux partis du mauvais pied.

Les nains finissent de tirer les molosses par derrière le comptoir, les larges traînées sanglantes maculant la direction.

— Reprenons ce convivial déjeuner ! Parmesan ?

Le petit gros glisse sa grosse main dans le pot argenté que lui tend Barnum.

— Une rallonge d'écuyer, donc. Plus, un petit service.

— Un petit service ? … Qu'est-ce que tu veux ?

— Que tu fasses avec ton boss un truc que vous connaissez bien, vous les ritals.

— … quoi ? il fait en commençant de transpirer, ou de pleurer.

— La police, mon p'tit bonhomme. La police.

— La police ? Quoi, la police ?

— La police, merde. La police qui nous protège, quoi. T'connais pas ? fait Barnum l'air soudain presque désolé.

— … qu'est-ce… Qu'est-ce tu veux dire ?

— Qu'si on vient nous emmerder, tu fais le ménage, tu vois ?

Les yeux du petit gros roulent en tous sens à la recherche des sbires et des traînées de sang courant par derrière le comptoir.

— Un peu comme ici, mais en plus propre.

— … d'accord… d'ac… D'accord ! D'ACCORD ! hurle soudain le petit gros.

— Bien, alors on peut remettre le couvert ! éclate Barnum plein de satisfaction. Bobby, il lance à Boom Boom, Chianti ! Et ton meilleur !

Tout souriant, il lève son verre vers le petit gros. En cet instant, lui reste pétrifié par l'œil d'un fauve.

16
La voiture

— La seule chose qui puisse permettre de dire que Dieu existe, mon petit, c'est seulement que, de temps en temps, les grands esprits de rencontrent. La Nature fait des tests-erreurs, disait plus simplement Darwin. Des fois, le bug prend, c'est tout con. Mais les bonnes gens eux, on leur fait croire qu'y faudrait courir après toute sa vie, à ce putain de bon Dieu… Je hais les religieux, sais-tu ? Z'ont toujours quelque chose à rajouter sur la joie de l'instant présent !

— Les consommateurs, comme vous dites, sont bien plus simples à vivre, croit bon d'ajouter Johnny.

— Hmmm…, grogne Barnum. Que tu dis. Il sourit en coin.

— Pas plus !

— Mais c'est bien assez.

— Oui. En fait mon grand, coupe Barnum : on s'en fout !

Il tourne un petit moment sur lui-même, exulte dans un immense sourire puis fixe Johnny.

— Fais-nous honneur, Bonhomme. Sois le Phénix de ce Soir !

Il lui ouvre le grand rideau. Par devant le chapiteau étincelle en myriades et des ombres claires remuent têtes et strapontins. Johnny jaillit vers la lumière.

Le Cirque dans toute sa magnificence. Feux d'artifices, animaux magiques, acrobates, troubadours, ménestrels, trouvères, clowns, éclairs roses, bleus, verts, monstres, nains, lumières, cris, joie.

***

Le père et sa fille, plus tard.

— Comprends-tu pourquoi je t'ai menée ici, ma chérie ?

— … Ta chérie ? minaude la fille. Je suis ta chérie, maintenant ?

— Eh ! opine le père avec compassion, je suis bien ton vieux bougon de père.

— Papa…, elle fait. Ça faisait longtemps que tu ne m'avais plus appelée ta petite chérie… Continue.

— Tu seras toujours ma personne préférée dans ce monde trop mûr, ma puce. As-tu vu les baladins, les bonnes fées, tous ces trucs étonnants qu'ils font avec leurs échelles ct leurs cerceaux de bois ?

— Oui, et j'ai vu ce grand type, monté comme un criquet qui virevoltait tout du long par-dessus la foule et la scène.

— Oui, il était bien. Comment on peut sauter partout comme ça ?

— Il y avait des cordes au-dessus de la scène sur lesquelles il se rattrapait.

— Oui, mais il bondissait tout seul aussi très haut. Et sans élan. … Et les bestiaux ? Tu as vu les bestiaux ?

— Je les ai vus, sourit encore la fille l'enlaçant au bras.

— Ils sautaient et dansaient sur place comme des créatures de dessin animé !

— Ils devaient être bien dressés.

— Ils avaient l'air aussi impliqués dans l'affaire que les écuyères qui les montaient. Les singes, dans les filets et les cordages, ils choppaient les acrobates et faisaient leur truc comme si on n'était même pas là.

— J'en avais plein les yeux. Ils sautent encore devant moi ! dit-elle en le serrant plus près.

— Et le gros qui présentait cette folie, au début, tu te souviens du lion comme il l'a cinglé avec sa canne ?

— Oui, fait la fille pleine de joie. Le lion frémissait à peine des moustaches, comme agacé par une mouche. Ils étaient tous très impressionnants. Ces clowns, quand j'y repense, rit-elle encore, comme ils étaient cons !

— Les bons clowns c'est bien connu ça ne fait vraiment rire que les enfants.

— Eh bien eux ils étaient assez marrants, mais tout à fait débiles surtout. Ils avaient l'air plus saouls que l'éléphant volant qui s'est échappé par le toit, tiens !

— Et des trognes à foutre la trouille aux gosses, en fin de compte…

— Tu as remarqué, mon p'tit papa, le méchant air que le plus gros t'a lancé depuis le milieu de la scène ?

— Il m'a regardé, tu crois ? Tu t'es un peu inquiétée pour ton vieux père, avoue.

— Carrément.

À l'instant, ils aperçoivent l'autre clown, le triste, qui paraît pleurnicher tout accroupi sur une vieille chaise à la sortie du terrain, tandis que les derniers visiteurs s'éparpillent vers leurs véhicules.

— Tiens, en voilà un, dit amusée la fille.

Soudain, Bernard se raidit, scrute le quidam.

— Ça va, mon ami ? lui adresse la fille pleine de gratitude. Votre spectacle était bien beau, merci. Merci à vous tous !

Le clown fixe le sol en gémissant, tout tremblant sur ses grandes guibolles écrasées sous la chaise.

— Vous allez bien, Monsieur ? lui demande Bernard avec froideur.

— … nan… nAAANNN ! gueule le clown. Cassez-vous ! Maintenant !

Tous deux en restent interdits.

— Allez ma chérie, on laisse ce monsieur tranquille. La soirée a été éreintante.

— Au revoir, Monsieur le clown, merci enc…

Bernard serre violemment sa fille au bras. Elle se retourne vers lui pleine de stupeur, son regard innocent d'enfant surpris qu'elle n'avait plus eu depuis ses 6 ou 7 ans.

Devant leur voiture se tient l'autre clown, le gros, le grogneux, qui à dix mètres leur jette son regard de psychopathe profond, méchant, intense et mort.

— Partons, intime froidement Bernard.

— M'sieur le commissaire…, glisse un petit gros à l'accent rital par derrière.

Bernard en étouffe un sursaut, sa très haute et placide stature masquant à merveille sa gêne dans toute la profondeur de son regard, perçant soudain.

Comme un cancre récitant :

— Ça f'sait longtemps. Comme il est charmant, à rencontrer par nos beaux soirs urbains, si gracieuses et élégantes compagnies.

— Vous, fait Bernard instantanément repris. La saison n'est pas aux règlements dans cette partie de la ville. … Vous faites comme nous ? Vous visitez des amis ? essaie-t-il de sourire.

— Je m'essaie à la culture… notable, opine le petit gros. Sont bons ces cons-là, 'trouvez pas ?

— Saviez-vous, mon ami, que ces petits cirques itinérants sillonnent inlassablement notre beau pays depuis… Au moins l'avant-dernier siècle, avec les coolies de la transcontinentale et les premiers gratte-ciels ?

— Whaow…, fait le petit gros positivement impressionné. Pour vous dire, Chef ! je les ai trouvés vachement impressionnants avec leurs méchants fauves et leurs grands couteaux, mais j'ai trouvé qu'ils se la racontaient bizarres… Quand vous les zieutez bien vous d'vinez des salopes, des pédés, des tordus comme tout le monde !

— Oui, ils dégagent une certaine… étrangeté. Ils ont l'air habités.

— Habités, des clous m'sieur le commissaire ! se marre carrément le petit gros. Juste des cons flippants. Des putes et des pédés, j'vous dis ! Foutez-les au bordel, ces salopes, et elles vous suceront jusqu'à plus soif !

Bernard saisit un bruit par-derrière. Deux géants encostardés de noir approchent par la gauche et la droite.

Par-delà la bruine naissante de la nuit, Bernard aperçoit le clown resté collé à sa voiture, qui d'une force extraordinaire pousse sur le coffre et enfonce dans la boue les pneus arrière jusqu'aux jantes, deux fois. La voiture grince et se redresse chaque fois comme un cheval contrit.

— Les pédés, sourit encore le petit gros imperturbable, faudra bien un jour les punir d'être pédéééés ! poursuit-il en criant pour bien que le clown l'entende.

Les deux molosses approchent. Bernard serre le bras de sa fille, fort.

— On va vous laisser, glisse-t-il encore.

Se retournant vers la voiture, un choc violent le renverse sur la droite, pleine tête. Il entend juste sa fille dire : « Pap… »

— Putain ! fait le petit gros penché sur Bernard à défaut de pouvoir le ramasser tout seul. Lui déglingue pas la gueule comme ça ! C'est un flic, merde ! Et un vieux, putain !

— M'en fous ! éructe le clown en portant à ses grosses lèvres roses, jaunes et grises la canne pleine de sang.

— Tout le monde le connaît par ici, bordel ! Écoute-moi pour changer, trou du c' ! Si tu veux absolument te faire un flic… Prends un jeune que personne connaît, un troufion ! Pas un vieux chnoque qui a ses entrées dans tous les rades et les Rotarie clubs de la ville ! Le juge et les boss rivaux en même temps, tu cherches vraiment les emmerdes… Putain… Tu m'étonnes que z'êtes jamais les bienvenus nulle part, bande de gitans…

Un colosse étouffe le cri de la fille sur la gauche. Il la soulève comme une plume et l'écrase de ses immenses bras tout contre sa poitrine.

— Toi, occupe-toi d'elle. Un p'tit avertissement, ça suffit, connard, balance encore le petit gros au clown qui bave du sang jusque sur son jabot en léchant sa canne.

Lentement, il ouvre la bouche, langue toute pendante, et tend la canne vers le visage de Bernard effondré dans la boue, la pluie le démaquillant comme le plus affreux des démons.

Le petit gros reste interdit un moment devant ce taré, bien foutu d'être en fait un cannibale. Aussitôt, il imagine sa petite nièce découpée en morceaux, déposés dans un grand plat argenté pour un dîner.

— Putain..., il ajoute, z'êtes vraiment gelés... Bande de tarés, tiens... Allez les gars, on embarque la fille et on laisse le P4 raccompagner M'sieur le commissaire. Eh, ducon ! Doucement avec la famille Poulaga, t'as compris ? lance-t-il à l'adresse du clown. Le business, ça se soigne, OK ? Sinon : plus boulot !

Il s'éloigne avec ses gardes du corps sous les cris étouffés de la fille emmenée de force.

— Fais pas tant d'histoire, ma salope ! houspille le petit gros à la fille. On va rien te faire, juste te ramener chez toi. Couchez-la à l'arrière, vous autres, et doucement le colis.

Johnny prend sa pause au sommet du chapiteau et entend comme de petits « hou... hou... », au loin, parmi les carrioles et les cages.

— Chef, c'tait bien facile, glousse un molosse.

— Ils s'amusent bien, ces salauds de clowns ! rigole l'autre. Z'avez vu c'qu'il lui a mis, au vieux Bernard ? Depuis le temps que je l'aurais bien giflé, cet emmerdeur.

— Une petite tape amicale de schizo' échappé de son asile de merde, assentit le petit gros.

Presque une preuve d'amour, pour tous ces tarés...

— Tony et Lenny nous rejoignent plus tard ? demande l'autre.

— Nan... Écoutez, les gars. Ces mecs-là, ce clown de merde et sa grosse de dresseur de lion, et tous leurs petits copains... Les putes et les deux cousins d'Sicile qui jouent du serin… Tous des tarés, j'vous dis… Tony et Lenny, j'les attends toujours au resto !

— … Au resto ? fait le plus gros en ouvrant le coffre.

— Au resto, Carlito. Au resto…

Les deux colosses se contemplent l'un l'autre avec gravité. Puis bombent presque ensemble le torse.

— Pute vierge…, gronde l'un.

— OK, vont chier..., murmure l'autre en jetant la fille comme un sac dans le coffre.

— Mais y sont cons, reprend le petit gros. Ils laissent trop de traces.

— Ils finissent jamais le boulot, gronde l'autre en claquant la portière.

— 'Sont sales, ces salopes ! se marre le petit gros. Regardez, l'vieux Bernard. 'Vont l'déposer devant l'hôpital avec le service d'ordre !

— Eh ! Missié ! rigole le deuxième en s'asseyant à l'arrière, 'l'a trouvé lui lé p'tit vieux tout cassé d'vant cirque y nous ! Z'a plus papier, z'a plus n'argent !

— Nous gentils ! Nous pas voleurs ! P'tains d'gitans…

— Nous trouvés lui !

— 'Croyez qu'ils pourraient pas lui couper un ou deux doigts avant ? Et lui laisser son flingue ?

— Comme des putains d'tarés qui font tout à l'envers ! Le clown qui bavait sur sa tige là, moi j'parie qu'c'est un malade sexuel !

— Putain, Carlito, t'l'imagines enfiler l'Bernard avec sa canne ?

— 'L'aurait mal au cul, l'flic !

— Au moins avant de l'assaisonner et de l'envoyer à l'hôpital, ils lui piqueront sa plaque !

— Putain d'clown avec une étoile de shérif, ouais !

— Eh, eh, eh… C'est quoi encore, ça ? interrompt Carlito au volant.

— Chef, un dingue nous arrive par le travers on dirait…

— Vous voyez qu'ils s'échappent où ils veulent, ces dingues ? On dirait la sauterelle où je sais pas quoi qui f'sait des mirettes pendant leur fiesta. Tourne à droite, j'parie qu'il veut voir si on laisse bien la fille quelque part.

— Ça… Ça veut dire qu'il surveille qu'on s'en débarrasse bien, Chef ? demande le gros à l'arrière.

— Pas comme t'aimerais ce soir, mon salaud ! Faudra te vider les couilles une autre fois, celle-là c'est la fille du flic.

— J'disais ça pour rendre service, si faut la rendre y qu'à la déposer au coin de la rue. Elle a eu sa frayeur et nous a pas vus d'toute façon.

— Ralentis, on va laisser ce con nous dépasser et faire mine d'aller voir un truc ailleurs.

— L'est à 10 mètres sur le toit. 'Va vite quand même.

— Putain d'acrobate. Regarde-le passer. Voilà, il tourne à gauche. Prends à droite.

— Carlito, tu relâches la fille sur le trottoir en face, qu'elle a de la chance d'avoir un papa comme ça qui veille sur elle.

— Même quand il est pas là, rigole encore le plus gros depuis sa banquette.

Le pare-chocs vole en éclat et les roues s'écrasent instantanément sur le trottoir.

Carlito pile au milieu de la rue et repart comme furieux.

— Putain ! il gueule. C'quoi cette merde ?

— L'taré est r'venu ! Accélère !

La voiture cabre au virage et les pneus fument avant de repartir dans la rue.

Johnny bondit d'un parapet. Quatre mètres et il se récupère dans les flaques d'eau de l'impasse.

— FONCE ! gueule le petit gros.

La voiture file au beau milieu du boulevard. Elle accélère dans le carrefour, évite de justesse un car qui braque et s'encastre dans une vitrine, brûle ses pneus et fonce vaille que vaille vers la 5e avenue.

Mais en deux bonds, Johnny les a collés au pare-chocs arrière. Dans la voiture, les trois font de grands yeux effrayés en apercevant ce surhomme qui les course comme s'ils faisaient du sur place.

— ACCÉLÈRE, MERDE ! le petit gros écrase le pied du molosse sur l'accélérateur.

Johnny est toujours derrière. Encore un coup à gauche : des poubelles et un arrêt de bus volent par-dessus la rue. Un coup à droite, six voitures sont déchirées sur toute la longueur dans un immense éclat de rétroviseurs. Un coup à gauche, Johnny agrippe une demie seconde les jointures de la portière, les lâche et perd l'équilibre, finit par rouler sur le toit et être éjecté. Il roule, rebondit, puis saute par-dessus les voitures, saute par-dessus les feux, se retrouve déjà à leur hauteur.

— Putain comment y peut faire ça ?

— Fonce ! FONCE !

À l'arrière, la fille hurle malgré le bâillon. Le molosse arrache le coussin de son siège, son bras traverse le coffre et lui assène un coup de poing pour la faire taire.

La voiture vire encore sur la droite, tourne à la suivante sur la gauche, débouche sur la 5e avenue qu'elle prend à contre sens en envoyant un taxi sur le trottoir.

Johnny bondit et agrippe la toile de la capote.

— Nom de… Il est sur le toit ! Il est sur le toit !

Cette fois, c'est le chauffeur qui se met en colère :

— Descends ce connard ! Descends-le ! MERDE !

Le petit gros vide son chargeur dans le plafond. Le gros ahuri fait de même et la voiture s'emplit de détonations assourdissantes.

Silence. Ils perçoivent comme un choc et la voiture paraît soudain plus légère ; ils poursuivent sur les chapeaux de roues.

Ils ont le temps de s'adresser un petit sourire de satisfaction. Mais la vitre arrière explose et le type qui maintenait la fille par le col reçoit deux pieds en pleine figure.

— Putain d'merde ! Il est encore accroché !

Le petit gros recharge et tire. Son arme s'enraille et il attrape le revolver du chauffeur avec lequel il tire de nouveau.

Les balles ont-elles aucun effet sur Johnny ? Le chauffeur braque à gauche et Johnny manque de se faire éjecter. Passe sur le côté droit de la voiture, le bras à moitié désarticulé. Le petit gros s'empresse de recharger le revolver, ne trouve pas de balles alors il jette le flingue par terre et cherche un chargeur pour son pistolet.

— Bute-le ! BUTE-LE ! hurle le chauffeur.

— Écrase-le sur le mur ! crie de désespoir le petit gros.

Le chauffeur braque à droite et se met en devoir de coincer Johnny contre un poteau. Johnny lâche prise et roule sur le trottoir comme un sac.

La voiture tangue, traverse un kiosque à journaux de part en part et disparaît dans la rue au milieu des klaxons affolés.

Johnny finit sa roulade et s'immobilise avec contrôle, replié et musculeux comme un fauve. Les passants demeurent pétrifiés devant cette apparition et ce tapage au milieu de leur promenade. Lui regarde le tumulte des toits des voitures qui s'écartent sur le passage du véhicule déjà hors de vue, les sirènes qui s'élèvent au hasard. C'est manqué Johnny, tu les as loupés. Et ils ont cette fille…

Derrière lui arrivent les échos de la police : c'est l'heure de décamper. Il saute sur un toit d'immeuble sous les regards médusés des badauds et disparaît comme il est venu.

17
Voilà le vilain petit fouineur puni

Un grand bras s'abat sur l'épaule de Bernard.

— M'sieur ! M'sieur !

Il le secoue sur le dos puis le retourne fermement.

Bernard pisse le sang par l'arcade sourcilière droite. Son regard d'abord dans le vide, comme sénile, brille soudain plus loin que la lumière des réverbères puis il se redresse en un éclair, assis en pleine boue, dégoulinant de pluie.

— Chef ! crie encore l'agent de faction qui l'attrape aux épaules, un vrai colosse au visage enfantin sous sa casquette de pluie plastifiée.

— Ma fille ! s'exclame Bernard.

— Une voiture vient de filer par la 5e avenue. Trois individus fichés au banditisme pour association en bande, type italien, quartier Brooklyn-ouest.

— On me les chope, ceux-là mon gars ! brandit Bernard déjà debout.

Il se secoue de toute cette boue.

— Et le zig qui m'a amoché comme ça…, 'l'est passé où ?

— On a vu personne, M'sieur. Le cirque est complètement fermé à c't'heure.

Bernard contemple le jeune flic avec un regard furieux, la pluie maintenant battante lui lavant la plaie béante au-dessus de l'œil.

Il s'emporte :

— Nom de dieu, le jeune ! T'as vu dans quel état ce malade m'a ravalé la face ? Cette ordure a enlevé ma fille avec les autres ! Appelle-moi le juge ! Bouclez le périmètre !

— 'Vos ordres, M'sieur ! gueule le jeune et il part beugler ses ordres plus loin aux autres flics qui ferment déjà le parking.

Bernard sort son arme. Sa vie durant, il a été un homme tranquille, droit et honnête. Il le sera toujours : il est des gens pour qui la droiture est naturelle. Très peu sans doute.

Mais en cet instant, il s'en va trouver le clown. Une peur enfantine à exorciser, peut-être ? Peut-être pas… Le coup reçu à la tête était bien gros. Bernard, migraineux de nature, a le crâne qui résonne comme une cloche, mais rien des douleurs habituelles qu'il connaît si bien : il se sent au contraire d'une concentration et d'une compréhension parfaites.

Le jeune flic revient vers lui et lui tend un pare-balle étiqueté d'un grand « POLICE ».

— Chef ! gueule-t-il au milieu de la pluie, procédure ! Et on a lancé deux unités derrière la voiture !

La radio grésille entre les gouttes. Le jeune penche la tête et fait la grimace sous sa casquette.

— Ils ont votre fille… À pied sur la 8e.

— Parfait, mon gars ! Demandez la confirmation au central. Il faut investir ce barnum, tu comprends ? Les vols avec acrobates, les 3 disparitions de gardiens de musée la semaine dernière. J'étais dessus quand ils me sont tombés sur le rabe avec ma fille.

— À vos ordres, Chef ! Les gars, le bouclage est prêt ? … putain, cette pluie… Chef, le juge envoie le mandat !

Trois policiers entrent en ordre avec le jeune en tête. Un comme Bernard aime bien avoir pour partenaire en pareille intervention : jeune, costaud et frais, plein d'envie de bien faire son boulot, un qui peut improviser et ne connaît pas encore par cœur son manuel de police. Qui ne déconnera pas non plus…, un bon garçon. … Loin, très loin, le fils que Bernard n'a jamais eu ?

Sans penser à tout ça, Bernard a toujours apprécié se retrouver en si militaire compagnie, occasion trop rare dans sa carrière largement casanière. Parmi les trois flics entrés avec lui, un instant il aperçoit à l'épaule une mèche de natte brune. L'agent lui adresse un signe de tête :

— Gardez votre gauche, inspecteur, sort une voix féminine, on va inspecter par la droite.

— La porte dérobée des gradins se situe à 3 heures.

— C'est trop grand…, répond le deuxième, il nous faut des renforts rapidement, pour fouiller tout ça.

— Du bruit derrière les rideaux de la piste, intime le jeune.

— Appel radio pour des renforts, reprend la femme.

Un immense filet s'abat sur tous. Aussitôt, des singes jaillissent de toutes parts. Les flics essaient de se dégager en brandissant bien haut leurs armes, mais déjà les singes bondissent par groupes et les mordent, les griffent à travers les cordes avant de s'échapper par des tentures. Les attaquent de nouveau.

La femme hurle. Le jeune tire toutes ses balles droit devant et un singe s'étale sur le sable en hurlant. Au milieu des flots de sang, les autres redoublent de fureur et le second flic en abat deux autres qui manquaient de le défigurer.

Bernard, qui s'était recroquevillé sur le bord de l'arène quand le filet lui est tombé dessus, a le temps de dégager sa main des liens et avise un gros babouin terriblement agressif qui lacère la femme. Son coup sûr envoie voler le singe contre le mur opposé, puis deux autres encore.

Combien sont-ils, ces monstres ? Trois, peut-être cinq arrivent sur lui et il en explose un en pleine face comme le singe avait déjà avalé tout son canon.

De partout jaillit soudain un sifflement. Long, horrible et lent… Tout mouvement paraît un instant interrompu par ce cri ineffable et inconnu.

Silence. Leurs oreilles bourdonnent encore de l'écho mort et strident.

Instantanément, les singes font volte-face et disparaissent par le rideau de la piste.

Bernard finit de se dégager et veut porter secours à la femme-flic qui gémit entre les cordes. Il s'empare de son couteau et coupe avec frénésie les liens.

Le jeune se dégage en poussant un beuglement de bête de somme, retire son bras à demi déchiqueté de sous son pare-balle en lambeaux.

Le second flic hoquette plus loin, comme dans son coin, et les trois autres ne comprennent que trop tard qu'il a été égorgé à coups de dents…

Les lumières du cirque jaillissent en grand. La cavalerie déboule avec vingt unités qui investissent les lieux.

— Inspecteur ! aboient les collègues.

Tous contemplent le massacre, les singes morts partout, le cadavre du collègue.

— On investit les lieux ! ordonne Bernard, et ils s'épandent toutes torches brandies et armes aux poings, à grands coups de sifflets.

Mais le lieu paraît désert.

Tout au plus n'égayent-ils que des poneys surpris dans leur sommeil, deux ours à l'air abruti qui leur font comme signe de passer leur chemin, un vieux lion qui les accueille avec un œil torve, l'autre paraissant presque rire, au milieu de rugissements essoufflés, fous et fatigués.

« Un lion peut-il avoir l'Alzheimer ? » déclare le jeune en passant devant la cage, continuant de se comprimer le bras en écharpe sous les lambeaux de son pare-balle.

— Ya personne, concède enfin un gros flic à Bernard. Que ces putains de singes qui vous ont attaqués, et la ménagerie habituelle.

— Justement. Vous laisseriez, vous ? une ménagerie pareille sans surveillance au milieu de Brooklyn ?

— Ben… Les singes font un putain d'antivol, quand on y pense…

— Où sont passés tous les zigues ?

— Chef ! Trois véhicules sont manquants par l'arrière. Traces de pneus, avec cette pluie ils sont partis depuis bien dix minutes.

— On les tient. Avec tout ce capharnaüm, on peut les attendre. Fouille générale.

— Chef, on a trouvé un zigue dans une carriole derrière. Il pleurait comme une chiffe molle quand on est arrivé.

— Faites-moi voir.

— Il dit qu'il s'appelle Sergio Armando, artiste italien de son état.

Bernard se retrouve nez à nez avec le clown triste, qui hoquette entre des couinements pleurards.

— Je vous ai vu tout à l'heure, gronde Bernard très maître de lui.

L'autre continue de geindre et parfois on ne sait plus si ce sont ses larmes qui inondent son visage, ou si c'est une fleur en plastique d'un vilain rose qui l'asperge par en dessous, sautillant avec ses soubresauts.

— Eh, le fou ! croit bon de le bousculer le jeune, t'as entendu le chef ?

— … voui… … vouiii… gémit le triste.

— Putain, il est gelé celui-là, Chef !

— Laisse, le jeune, demande Bernard presque gentiment. Beaucoup plus fermement : l'autre malade, il fait le clown avec vous ?

— … ç'pas moi… ç'pas moi…, couine encore le triste en sursautant sur sa chaise.

— Qu'est-ce que voulez à ma fille ?

— … ç'pas nous… ç'pas nous… [hoouuu… hou hou hou…]

— On le ramasse, décide Bernard. Personne d'autre ?

— Chef : le central confirme : votre fille a été recueillie saine et sauve au carrefour de la 8e et de la 13e.

— Pfiouuu…, ne peut s'empêcher Bernard. Puis se reprenant :

— On maintient le périmètre. Je veux des explications de tout le monde dans pas longtemps, ordonne Bernard.

— Chef, demande le gros flic à Bernard, on peut pas embarquer toute la ménagerie…

— Mettez des scellés sur tout. Il se passe des trucs pas normaux, ici. Où sont les gens ?

— Trois véhicules arrivent par l'arrière.

Trois grosses cylindrées laissent sortir tout un étalage de filles en mini-jupes de soirée, des encostardés, un type immense revêtu d'une queue de pie, un genre d'œuf géant à salopette bariolée et à chapeau haut de forme : des fêtards, exubérants et énergumènes. Point de clown, point de monstre à faire peur.

Barnum s'avance dans sa salopette bouffante qui écaille de la coquille sur le revers de sa redingote, et tend sa canne à Bernard en signe de reconnaissance.

— Eh bien, mes amis les serviteurs de l'Ordre, vous nous surprenez en pleine détente post-partum.

— Police ! lui adresse Bernard. Une femme a été enlevée dans ce périmètre. Et des agents de police ont été attaqués par vos animaux !

— Inspecteur… Croyez bien que je suis désolé pour vos hommes, mais voyez simplement que nous étions fermés ! Nous revenons tout juste d'un petit after entre collègues, quand nous voyons notre établissement, pourtant laissé sous bonne garde par ce sieur que vous voyez (il désigne le triste qui pleure menotté entre deux armoires à glace de la police), s'éclairer de tous les feux et les sirènes dont seule la bonne police de notre belle ville a le privilège.

— Ouais…, soupire Bernard avec méfiance. Où est le clown qui m'a frappé ?

— Le clown ? Mais c'est cet idiot, voyons. Viens ici, toi !

Le triste s'approche tout recourbé, les menottes toujours aux poignets tandis que les flics restent cons de le regarder s'avancer, pleurnichant entre des petits hoquets.

— Qu'as-tu fait, bougre d'andouille ?

Barnum gifle le triste d'une volée qui vient éclabousser Bernard dans toute cette pluie.

— … c'pas moi… c'pas moi…, gémit le triste.

— On s'en fout, crétin ! râle Barnum. Tu n'importunes pas les gens à la sortie du spectacle, c'est compris ?

— … oui… oui… c'pas moi… c'pas moi…

— Je suis désolé, inspecteur. Il y a méprise. Ce damné idiot fait un excellent soigneur d'animaux. Mais il reste trop souvent avec les bêtes, alors les gens il connaît pas bien.

— Ce n'est pas lui que j'ai vu défoncer ma voiture !

— Ah…, fait Barnum soudain tout à fait désolé. Serait-ce l'autre, en ce cas ?

— Où est l'autre ?

— Eh, l'autre ! rétorque Barnum, comme un début d'amusement espiègle.

— Embarquez-moi tout ça ! s'écrie Bernard.

***

La nuit passe. Bernard retrouve sa fille au commissariat central et la raccompagne.

Pour la première fois de sa vie : elle le supplie. Arrête papa, arrête. J'ai eu trop peur, ces dingues, laisse tout ça. C'est mon boulot, petite. C'est de la merde, ça va trop loin. J'ai peur pour toi. Ta mère avait peur elle aussi, avant. Elle s'est barrée, et elle est loin. Arrête tout ça. Laisse tomber ! C'est mon boulot, ma chérie. Je finis et je reviens, promis.

La nuit a passé et au petit matin ils sont libres. Le clown qui aurait frappé Bernard serait dans la nature. Tous assurent ne pas savoir ce qu'il est devenu. Ni même savoir si c'est bien un autre ou tout simplement « ce con de triste ».

La semaine passe, et le cirque s'envole pour une nouvelle destination.

Bernard suit toujours. Un soir, il interrompt un braquage d'épicerie, coup de chance ou de hasard, et crois voir dans ses rétros un acrobate qui love sur un réverbère, comme il s'éloigne au milieu des ambulances et des chuintements policiers.

Un autre cambriolage a lieu. Une fondation dans les grandes tours du CBD. Dans la même ville se tient le petit cirque sale.

Il revoit le soir le triste qui pleure comme un incapable, écrabouillé sur sa petite chaise à la sortie du spectacle.

— Bonsoir, inspecteur, glisse Barnum tout à côté. Vous nous avez trouvés facilement ?

Bernard va pour regarder le triste.

— Celui-là…, il commence.

— Oui, sourit Barnum à pleines dents. Notre grand et beau dresseur de fauves.

Il gratifie le triste d'une franche gifle clownesque qui le laisse un instant stupéfié, roulant des grands yeux d'idiot, puis il le pousse de côté l'air de le faire dégager fermement.

— Vous nous ferez bien l'honneur d'une petite visite privée, l'invite Barnum chaleureusement. Voyez plutôt comme ces antiques maisons montées sur roues peuvent se révéler confortables pour les artistes itinérants que nous sommes.

Bernard se trouve un peu surpris par l'invitation impromptue. Mais son flegme outrepasse tout et il contemple déjà d'un œil authentiquement curieux l'intérieur de la carriole que Barnum ouvre devant lui.

Dans une atmosphère feutrée, des abat-jours baignent la petite pièce d'une lueur rougeoyante, tel un antique wagon de première classe. Tout au fond un bureau surchargé de paperasses, un large fauteuil clouté de cuir, comme une pipe de pêcheur ou de père Noël qui fume dans un grand cendrier de cuivre. De petits rideaux épais et chauds aux fenêtres étroites, des banquettes de velours rouges.

Bernard gravit les trois marches chromées, aperçoit la brume d'encens qui serpente au plafond, semble entrapercevoir, un instant, une main de fumée lui imprimer une légère invite à l'épaule, comme il tend la tête, circonspect sur le pas.

— Asseyez-vous, très cher ! propose Barnum, sans plus le regarder, qui tire d'un grand tiroir débordant de papiers une grosse bouteille cubique et deux verres sales.

S'asseyant grassement dans le fauteuil, il dessine dans chaque verre une lampée de la longueur de son bras avec le whisky, sans perdre la moindre goutte sur sa paperasse pourtant déjà maculée de taches informes et violettes.

— J'ai bien besoin d'un p'tit quelque chose, pas vous ? il couine.

Et tousse, malgré lui ? une formidable bouffée de fumeur alcoolique vers Bernard qui reste fasciné par la fumée parfumée de rose et de vieille tapisserie qui danse, presque sensuellement, sur le plafond ouvrant sur le faux ciel d'une orgie céleste. Des vierges robustes à la Michel-Ange y ouvrent leurs chevelures, leurs corsages, puis leurs poitrines, leurs cuisses chaudes, s'ébattent dans toutes les positions, lesbiennes, innocentes et pures, puis appellent les créatures de l'Ante-monde, petits gros, laiderons, êtres difformes et nains, en une danse effrénée qui les transforme tous en énergies qui alimentent un grand Feu central.

Bernard ne peut retenir un doux sourire.

— C'est charmant, chez vous, il lance sincèrement.

— La déco' est amusante, 'trouvez pas ?

J'ai une amie qui est une artiste née.

— Fait-elle des tableaux… de format plus réduit ?

— Celui que vous voyez là est une commande spéciale, toute faite à la main sur le plafond de la carriole. Ça bouge presque, quand vous regardez bien les saynètes.

— C'est un peu osé, par moments, sourit franchement Bernard.

— Eh ! je vous le dis, mon cher ! C'est une vraie amie… et une vraie chaudasse.

— Vous devez en connaître pas mal, par votre mobilité, je vous fais confiance.

— Des amis comme ça, j'en ai plein. Des génies « immontrables »… 'Savez quoi, rigole franchement Barnum, une grosse goutte au nez tombant exactement au beau milieu de son verre, elle est comme ces grosses cochonnes que vous voyez là, et il montre trois naïades potelées en même temps que musculeuses, sensuelles, et fortes, leurs visages enfantins perdus dans l'épaisseur de leurs cous, pourtant parfaits qui s'ouvrent sur de bons gros seins laiteux et obscènes.

— Vous la connaissez, celle-là, mon cher inspecteur, sur le prétendu géantissime Michel-Ange ?

— Ma foi… Non, dites.

— Figurez-vous que c'était une femme, opine gravement Barnum.

— Une femme ? Vous voulez dire que selon vous, le grand Michel-Ange aurait été en fait une femme ?

— Ouais, M'sieur ! tousse Barnum. Mais même qu'elle avait un petit problème.

— Un problème ? Quel problème ?

Par-dessus le bureau, Barnum colle sa grosse bouche fumante de pipe et de whisky à l'oreille de Bernard.

— Elle était poilue… Et pas que du minou !

— Euh, je ne vois pas, non.

— Elle souffrait d'un truc, genre lycanthropie permanente, voyez ?

— Ah… Un peu le genre peau d'âne…

— Plutôt la princesse Fiona, si 'voyez. Peau d'âne, la belle Peau d'âne… que j'ai connue aussi, était d'ailleurs une de ses cousines. Le monde est petit. Plus encore quand vous êtes exceptionnel(le).

— Peau d'âne, et cette Michelle l'Ange, c'est formidable, se ravit Bernard.

— Michelle l'Ange ! rigole Barnum à pleins poumons. Michelle l'Ange ! J'ai jamais pensé à l'appeler comme ça !

— Et elle a fait tout ce plafond ? Jusque sur les montants des fenêtres ? Toutes ces femmes…

— Voyez un peu comme elle les a toujours représentées : grasses, costaudes et grosses… Mais bonnes, putain ! Selon l'endroit de leurs corps que vous regardez, tout n'est que grâce : tantôt le bras puissant de la guerrière, le sein généreux et ferme de la matrone, les cuisses de l'Artémis aérienne, les chevilles, les pieds de belles adolescentes sportives…

— C'est une œuvre d'art assez étonnante, reconnaît Bernard, le nez collé, ne pouvant empêcher un autre sourire, sur un sommet d'extase sexuel comme il découvre parmi tout ce fourmillement d'histoires de conquêtes entre femmes, un cunnilingus débouchant sur le hurlement d'une nymphette, les cheveux découvrant seulement la bouche, à demi noyés dans un drap de nuages.

— Elle est vraiment comme ça, vous savez ? Quand elle enlève sa peau de louve. Belle, grasse, et costaude. Elle avait du poil partout depuis ses 6 ans alors petite on s'est beaucoup moqué d'elle, une malédiction hindoue qu'y paraît chez elle. Et comme elle est forte physiquement, elle a développé un corps robuste de belle grande femme qui ne s'en laisse pas compter. Quand je la croise de temps à autre, je lui glisse un p'tit surnom entre nous, 'voulez savoir ? Miss Suisse !

— Appeler « Miss Suisse », une artiste comme ça, et elle ne se vexe pas ?

— Pensez-vous ! Elle est prodigieuse, cette femme ! Je lui ai même rendu un service, une fois.

— C'est gentil à vous. Lequel ?

— Je lui ai offert une robe.

— Comme Peau d'âne ? rigole Bernard de bon cœur.

— Oui ! Ça aussi, c'est rigolo ! Vous êtes un authentique original, inspecteur Bernard, opine Barnum.

— Une idée comme une autre.

— Vous avez vu juste, mon vieux, inutile d'expliquer les détails à un homme de votre perspicacité. La magie, savez, c'est du boulot. Les détails techniques, aussi, mais c'est un truc pour les nains. Tenez, voyez un peu ce gros enfoiré capitaliste de Père Noël : le plus grand exploiteur qui soit du génie besogneux de ces petits êtres ! Les petites mains, monter le chapiteau, nourrir les animaux, rafistoler sempiternellement la ruine, mes p'tits grognons à moi savent faire, je leur fais confiance… Et comme ça, comme j'ai tout mon temps pour la magie, je lui ai offert une belle robe, à cette belle pute ! Qu'elle était marrante, dedans ! Son cul si bien moulé, sa longue crinière qu'elle affectionnait de garder, lui dessinant une aiguille noire droit vers les fesses… quand elle venait rouler son cul sous mon nez. On a bien rigolé, tous les deux. La robe, 'voyez ? elle lui collait tout le corps comme un immense plastique, genre capote géante, mais d'une adhérence « pigmo-métrique » quasi idéale, une seconde peau. Vous savez quoi ? Elle aimait bien garder juste sa grosse chatte à l'air libre, et tout le reste, sauf les lèvres et les narines, lui faisait profiter d'un genre de scaphandre. Pour la première fois de sa vie, ma petite biche à moi n'avait plus peur. Avec ce truc, elle pouvait arborer en permanence sa belle peau laiteuse de crémière élevée au grand air, ou commander de se velouter en quelques secondes d'une vraie fourrure de louve, qu'elle a toujours gardée soyeuse, par coquetterie.

— Les vraies femmes sont toujours coquettes.

— Oui, les belles aussi ! Aux belles !

— Aux femmes !

— Ah, les femmes… Elle, avec sa tenue, je vous assure, elle assure.

— Elles ne sont pas toujours simples à vivre, faut dire, répond poliment Bernard. Elles ont leur petit caractère, mettons.

— Parfois, ce sont de vraies emmerdeuses !

— Parfois. Et parfois, on se dit qu'on aurait dû mieux les écouter.

— Vous n'êtes pas marié, vous, dites-moi.

— Je le fus, et, ma foi… Je ne m'en plains pas. Le boulot parfois vous bouffe. On a tous envie d'absolu – que le con dirait que c'est pas vrai – même un tout petit bout d'absolu. Un truc qui vous a fait sentir exister, que vous vous dites que vous pourrez vous raconter, tout à la fin. Et beaucoup de femmes voudraient que les gosses et la famille passent par-dessus ça. Quand vous n'arrivez plus à lui faire voir, à votre amour, que vous l'aimerez toujours mais qu'il FAUT que vous fassiez votre boulot, même merdique petit bout d'absolu qu'on cherche tous, chasseurs consanguins que nous sommes, ben… ça craint.

— Ouais, ça craint ! lève Barnum avec son verre, venant de se resservir.

— Donc, les femmes. Non, je n'ai plus ce genre de belle contingence à souffrir.

— Il y a pire que les femmes, pour vous briser le destin. Les gosses sont collants aussi.

— Les gosses, fait Bernard. C'est plus compliqué. C'est un peu toujours des « mini-vous », même quand ils vous énervent. On se doit de se sublimer pour eux. Mais avec eux !

— Ouais, 'sont collants, tous ces chiards.

Ce faisant, il appuie sur un gros bouton dans l'épaisseur du bureau et deux petits nains tout pimpants, Boucle d'Or et 'Tit Ramoneur sautillent tels deux petits chiens par un battant de boiserie qui se referme instantanément.

Bernard s'en retient de sursauter sur sa chaise. Seule l'onde, qu'il est parvenu à contenir, fait frémir le whisky de son verre en aréoles circulaires.

— Les petits, mes chers enfants, dites bonsoir à Monsieur l'inspecteur Bernard, qui nous rend visite ce soir, si loin de chez lui.

— J'ai pris quelques vacances, comme jamais accordées auparavant, glisse Bernard.

— Bonsoir Monsieur l'inspecteur Bernard ! lancent les deux nains vêtus comme des enfants autrichiens.

Leurs voix enfantines et perçantes volent à l'unisson à travers la carriole, deux échos admirablement gracieux et purs.

— La roulotte, voyez, est aussi en elle-même un parfait habitacle tout en repos et en silence. Quand ces petits monstres ne viennent pas crier leurs petits chants d'écoliers alors que c'est l'heure de faire ses lettres ! glousse Barnum tel un père aux deux petites créatures.

Bernard les regarde très intrigué. Sont-ce des nains ? On dirait plutôt des personnes en miniature. Si ce n'étaient ces moues enfantines, un tantinet forcées, ce maquillage métamorphosant complètement les traits, et ces petits costumes cintrés de velours noir, mais bouffants aux joues du bonnet, aux épaulettes, aux cuissardes sous le collant et la salopette. Ils ont encore des pieds absolument minuscules, mais de proportions très adultes, de gracieux petits mocassins de cuir noir, ciré, cloutés de belles broches : une licorne pour elle, une sorcière sur son balai pour lui.

— Ah, que serait le monde sans enfant ? mon cher inspecteur.

— Perdu, assurément.

— Tout juste, cher inspecteur ! sursaute presque Barnum. On les aime, et il faut les préserver.

— C'est le devoir d'un père.

— Tout comme c'est le devoir du gentilhomme de venir en aide à qui le demande. Un enfant perdu par-dessus tout !

— J'ai personnellement eu très peur récemment. Vous en connaissez la raison, c'est d'ailleurs à cette occasion que nous avons fait connaissance.

— Tout juste, mon cher inspecteur… Oui, je me souviens à présent, vous aviez perdu votre fille. Pauvre enfant…

— Heureusement, plus de peur que de mal. Mais nous avons dû fouiller votre établissement.

— Et me surprendre en charmante compagnie, si je me souviens aussi ! rigole franchement Barnum.

— Nous avons quelque peu dû déranger vos installations.

— Et flinguer mes singes, oui ! rit Barnum. Comprenez bien : vous faites votre boulot, et c'est très honorable. Mais je dois avoir les papiers des assurances quelque part, pour les animaux abattus et quelques cadenas cassés aussi, je crois. En fait, ça nous fera un petit pécule bienvenu. Les singes éplucheurs d'acrobates, il nous en reste bien assez et de toute façon on n'a jamais été cambriolés en trente ans, sauf bien sûr la fois où vous et vos malheureux collègues…

— Votre clown triste n'a pas été trop traumatisé par sa garde à vue ?

— Arf, 'savez, les gens comme ça c'est jamais ce que ça devrait. Il est un peu taré, celui-là. Il chiale à longueur de journée quand il faut pas, puis par moments se révèle absolument admirable. Un vrai accoucheur de licornes, 'voyez, et savez que c'est pas simple, à faire accoucher, une licorne. Les petites qui naissent ont souvent la corne aussi raide qu'une trique, surtout les petits mâles ! Le lion aussi, il arrive à le faire dormir. Imaginez un peu ce pauvre vieux lion qui fait les cent pas depuis cent ans, à moitié dingue et sénile qui parfois ne dort plus pendant trois jours. Vous avez déjà entendu un lion qui délire, de vieillesse et de manque de sommeil, inspecteur ? La nuit surtout, quand il n'y a plus aucun bruit du jour qui vient le couvrir. Parfois, c'est marrant : on dirait un gros chat enrhumé qui va s'étouffer avec une pelote, ou un vieil os. D'autres fois, c'est carrément flippant : on dirait qu'il fait des cauchemars éveillés, donnant de grands coups de patte en l'air.

— Il aurait peut-être besoin d'être soigné, votre lion ?

— Peuh ! Qui voudrait d'un vieux lion comme ça ? qui commence déjà à se pisser dessus. C'est comme les gens, Monsieur l'inspecteur, en vrai tout le monde vous veut en forme, actif quoi, sinon vous êtes bon pour la maison de retraite… Alors pour un lion ? J'ai déjà rencontré des types qui me proposaient d'en faire un tapis, 'savez ? C'est mon lion, on est inséparables, comprenez.

— Vous veillez sur vos bêtes, et le triste les soigne bien, donc.

— C'est pour ça, ne me le retirez plus, Monsieur l'inspecteur. Vous avez vu vous-même qu'il n'avait rien à voir avec vos déconvenues.

— Quel était l'autre, pourtant ?

— Pfuit ! Envolé ! Celui-là, voyez, 'l'est comme l'autre, mais en miroir. 'L'a toujours eu la paranoïa facile. Il regardait les gens avec la tête de quelqu'un qui vous demande pourquoi vous le regardez, et que ça énerve que vous le regardiez, 'voyez ? Toujours à faire ça, pour rien, tout le temps, quelquefois ça fait rire mais ça tourne un peu en rond. Je ne vous cache pas que nous en étions arrivés à lui faire plusieurs reproches répétés et à peser le pour et le contre quant à cesser notre collaboration avec lui. Le soir où vous dites qu'il vous a frappé, il s'était chamaillé à propos d'un truc avec le triste, je crois. Il s'est barré faire sa pause clope comme à l'habitude, puis on l'a plus revu. Le triste lui, quand on l'interroge raconte qu'il traîne entre ici et des petits hôtels des environs. Il passe quelquefois faire un coucou aux filles, les seuls moments où il est souriant et accepte de plaisanter, et continue de suivre le cirque de loin en loin.

— Vous ne l'avez donc pas revu depuis cette semaine ?

— Non, je vous dis, moi je ne le vois pas, c'est juste le triste qui m'a raconté tout ça.

— Comment serait-il possible de le voir ?

— Ma foi, accrochez-vous ! Moi je lui ai coupé les chèques depuis trois semaines ! Le triste c'est une tombe, une parfaite « pleureuse » comme disait l'Auguste d'ailleurs, et je crois que les autres acrobates ne l'aiment pas beaucoup. Alors il traîne, il s'est barré mais en fait il ne sait rien faire d'autre. Tiens, si, une fois, il y a une ou deux semaines peut-être, j'ai entendu parler d'un clown qui a effrayé des enfants dans un supermarché près de Conclin. Je sais pas si c'était lui, mais c'est bien son genre. Clochard au réveil, saltimbanque alcoolo à midi et clown hystérique avant le dîner ! Z'ont dû hurler les gosses, croyez-moi ! Même avec les mères à côté, il s'en fout c'est un vrai taré. Mais il a un petit talent de mise en scène, au début quand il fait son truc : ça, on peut pas lui enlever.

Les deux nains s'agitent et se mettent à pouffer de rire, comme partageant un secret.

Barnum les scrute en coin qui sourit devant ces espiègleries.

— Eh bien, qu'est-ce qu'ils ont encore, mes p'tits cons ?

Bernard sourit aussi, attendri comme un père.

— Nous on sait où il est, le clown ! rigolent les deux petites créatures enfantines.

Et elles repartent de rire à part elles.

— 'Sont énervants, 'trouvez pas inspecteur ? lance Barnum dans un sourire. De quel clown vous parlez, les drôles ? Le triste, le con, il est avec ses bêtes. Fichez-lui la paix.

Mais les deux nains persistent comme deux garnements franchement mal élevés. Ils sautillent sur place et rient, hystériques comme de petits monstres.

— Suffit, les drôles ! crie Barnum. Je vous ai laissés vous coucher tard pour voir le gentil inspecteur Bernard, ce n'est pas pour l'importuner avec vos chialeries de sales gosses !

— On sait ! On sait ! sautille sur place Boucle d'or.

'Tit ramoneur improvise une danse tout autour d'elle en bondissant, faisant trembler tout le plancher de la carriole.

Un coup à la porte.

Instinctivement, Bernard se retourne et Barnum lève les yeux.

— Qu'cst-ce diantre ! vocifère-t-il en postillonnant tout son whisky sur sa paperasse.

Trois coups encore à la porte.

— On sait ! On sait ! rigole de plus belle Boucle d'or.

— Ccchhhuuuttt…, souffle 'Tit ramoneur, et tous deux disparaissent en un éclair derrière le panneau qui se referme derrière eux.

— Entrez, fait fermement Barnum.

Une voix étouffée grommelle quelque chose derrière la porte, et maladroitement commence à actionner le loquet.

— Bordel ! râle Barnum. C'est sur la gauche !

La poignée tourne dans l'autre sens après une hésitation et la porte s'ouvre sur trois types tout penauds.

— 'l'a, chef…, fait le premier en entrant, un petit rital de taille moyenne, assez mince.

— 'vouliez l'r'voir, couine le triste d'un air désolé tout courbé par-derrière.

Ils tirent derrière eux un homme recouvert d'une cape de pluie, plus grand que les deux premiers.

— 'l'est bien désolé…, dit le triste.

— 'voulait pas jouer avec les couteaux, insiste le rital.

— 'L'a pas intérêt ! gueule Barnum à l'adresse du grand sous la cape. Je t'ai déjà dit, connard ! Ces trucs-là, ça coupe ! Ça saigne ! Alors tu laisses ça aux vrais professionnels ! 'L'est où, ton putain d'frère ? demande Barnum au rital.

— Il aiguise le matériel, Chef ! 'Savez bien, c'est un lent, moi les miens sont remisés depuis longtemps, fait le rital fièrement.

— Ah, mon vieil inspecteur Bernard, voyez ce que c'est ? De bosser avec des pros qui travaillent toujours par deux : toujours le même service, impeccable, et ils s'arrangent entre eux pour relayer les affaires courantes.

Bernard regarde les trois hommes avec curiosité mêlée d'un brin d'inquiétude.

— Ils savent y faire avec les couteaux, vos artistes.

— Des génies de l'équilibre. Vous savez ce que c'est, le lancer de couteau : un missile, orienté de la queue à la flèche. Très précis, et net quand c'est bien fait. Tout un art. Je crois qu'il y en a un ici qui voudrait s'excuser.

Le rital tire d'un coup la cape de pluie et paraît l'Auguste grimaçant qui fixe le bout de ses grands pieds, le souffle court.

— Le voilà ! C'est bien lui ! Ah ! Depuis le temps qu'on te cherchait, bougre de con ! Alors, qu'est-ce qu'on dit à Môsieur l'inspecteur qui est venu de si loin pour des explications ?

L'Auguste grogne, tourne les yeux de gauche à droite, tourne encore, grogne encore, ravale sa salive, retient un crachat par terre, se laisse un instant déglutir puis ravale encore sa salive avant de se baver sur le jabot.

— Eh bien ? J'attends…, fait Barnum sur le ton de la confidence.

Enfin, le clown grommelle « …'scusez-môa… »

— Ah ! Voyez, inspecteur ! Il s'excuse ! Pas trop tôt ! Et pourquoi t'as fait ça, bougre de goujat ? Ne vois-tu pas que l'inspecteur est un de nos plus éminents visiteurs, et qu'il entendait simplement, en gentilhomme bien né et courtois, s'en aller profiter de sa chère fin de soirée avec sa douce fille. Sais-tu ce que c'est, le savoir-vivre, bougre d'andouille ?

— Z'avez qu'à m'apprendre ! beugle l'Auguste, récriant violemment Barnum.

— Qu'est-ce qui vous a pris de me frapper comme ça ? demande froidement Bernard.

— J'me pas les gens heureux…, marmonne l'Auguste continuant de rouler des yeux pour éviter tous les regards.

— C'est tout ? sourit Bernard. Personne d'autre que vous n'a le droit de vivre, c'est ça votre excuse ?

— …'m'font chier… quand y sont trop heureux…, marmonne encore l'Auguste.

Le rital lève les yeux au ciel et se retourne déjà vers un petit bar sis dans le coffrage de cuir du canapé clouté de gauche.

Le triste va pour le rejoindre, et le rital lui sert une lampée orange que le triste attire à ses lèvres, les deux mains jointes en componction sur un immense verre de cristal qui jette des reflets dans toute la pièce. On ne saurait dire si c'est la vilaine pluie du dehors ou encore ses larmes de vilain pleurard qui mouillent ses joues. Le revoilà qui chiale, presque silencieusement. Presque.

— RaAh ! beugle Barnum à l'adresse du triste. Les cocos, un p'tit verre et au lit !

À part lui-même, le rital soupire.

— … pppfff… qu'il est con, ton pote… … trop gelé, ce mec… Avalant cul sec son verre : tu l'supportes longtemps, 'me ça…

Comme un petit vieux ravagé par l'effroi, le triste applique bien ses lèvres au verre et plisse longuement ses yeux sur ses larmes.

— Et la voiture, reprend Bernard. Qu'est-ce qu'elle vous avait fait, ma voiture ? Un pneu crevé et les 4 amortisseurs foutus ! Vous vous rendez bien compte, jeune homme, que les poursuites ont des implications au moins financières. En plus d'être pénales.

— Il promet de ne plus jamais venir vous importuner chez vous, commissaire ! lance Barnum avec une soudaine envie de se débarrasser.

— Il faudra rendre des comptes, jeune homme, dit encore Bernard plus placide qu'une statue.

Un vieillard ou Clint Eastwood ?

— Je vous attends demain à la première heure au commissariat central de la ville. Soyez à l'heure.

… et déglutit du sang.

— … vuuu…, soupire, ou suce, ou geint l'Auguste soudain tout collé contre lui qui le fixe dans le blanc des yeux.

— La Mort ne scié jamais bien qu'aux purs, savez-vous inspecteur ? Nous aurions tellement pu échanger…, soupire Barnum par derrière.

Bernard serre l'Auguste contre lui, dans une tentative désespérée de s'accrocher. Lui ressort sa lame et la replonge plus profond, plus bas. Et plus bas. Encore.

— Allez…, murmure Barnum un peu écœuré, débarrasse-moi de ça.

Le rital revient à l'instant en scène et ouvre grand la porte. Le triste se baisse déjà pour attraper les jambes de Bernard. En à peine 5 secondes, ils l'ont balancé à l'extérieur de la carriole.

Les monstres s'approchent tels dansant autour du corps.

Seul en retrait, Johnny fait de grands yeux, rendant à sa beauté de jeune premier une aura de stupeur débile.

Tous le voient qui chancelle puis fronce les sourcils avec colère, en même temps révolté et idiot.

Barnum lui sourit vilainement :

— Et voilà mon p'tit Johnny. Leçon numéro… 27, mettons. Il n'est pas de gloire sans sanction.

— Vous… Vous l'avez tué !

— … Voui. Voilà qui est bien observé.

— C'était un homme de bien ! Vous… Vous n'aviez pas le droit !

— Le droit ? Quel droit ? Il se mêlait de nos affaires, et il n'est que le droit du plus puissant ici Johnny, tu le sais si bien…

Ulcéré :

— Vous… Vous n'êtes qu'un vulgaire criminel ! Tout ça était monté depuis le départ !

— Évidemment, mais le départ, comme tu dis, est si loin… Si loin que cela fonde notre droit.

— Vous… Vous délirez !

Les monstres qui s'étaient tous penchés sur le corps comme des bêtes se redressent ensemble vers Johnny.

— Évidemment, Johnny, glisse Barnum en rouvrant nonchalamment l'hui de la carriole.

— Encore vos histoires… Vous n'êtes qu'un manipulateur…

— Non, Johnny… Non… Depuis que tu lis avec moi les Cartes, tu sais bien, comme moi, à quels âges tous deux nous remontons. Il est de vraies puissances : le Temps, la Politique, le Crime ! Platon lui, les a presque vues : ses « Idées »… Moi je suis le Crime… Comme tu sais, et comme tu peux être avec nous tous ici.

Ils serrent ensemble Johnny vers la porte de la carriole. Johnny ne veut pas s'y laisser entrer et reste sur le pas en brandissant sa canne. Mais par derrière se présentent les nains et la louve qui l'attendent déjà installés sur les banquettes.

À la suite de Barnum, tous entrent.

— Les politicards tu les connais : ce sont eux qui t'ont envoyé te faire broyer les jambes, eux qui brassent le petit peuple, et qui savent, si bien, s'entourer de petits pions comme celui-là, pour mieux envoyer celui-ci se faire tuer…, soupire-t-il en ouvrant la main vers Johnny. Quant au Temps ma foi, nous le servons tous sans nous en apercevoir : depuis toujours, il existe des puissances qui sont sans commune mesure avec ce que tu pourrais qualifier d'Histoire, de nations, ou même de simples civilisations…

— Inutile d'essayer de me faire peur avec le diable ou les forces occultes ! Je ne crois pas au Mal. Seulement à la méchanceté et la connerie humaines !

— Le Mal prend toutes les formes auxquelles tu veux croire : le Mal, c'est la foi. La séduction est toujours le bât qui blesse. Tu es tellement, tellement… sentimental.

— C'est ce que nous verrons ! Laissez-moi sortir d'ici !

— C'est tout vu, mon petit Johnny ! Il ne se passe pas un jour sans que je te voie quémander le monde avec ta courtoisie de faible. Tu t'embarrasses de celui-là. Mais tu oublies que c'est toi qu'il traquait.

— Ce n'était pas une raison pour le tuer ! Je… Je me tire !

— Johnny… Johnny ! Il t'avait démasqué, ce n'était plus qu'une question d'heures avant que tous ses petits copains ne remontent à toi, et à nous ! en particulier…

— … Peut-être aurait-il mieux valu !… Pourquoi d'abord ? Pour quelques collectionneurs, comme vous disiez au début ? Vos affaires coûtent la vie aux gens !

— Tu n'as donc jamais tué de gens, Johnny ?

— C'était pour défendre la Patrie !

— En plein désert à l'autre bout du monde ?... Quel naïf fais-tu, Johnny...

— C'est terminé ! Rien ne justifie le meurtre ! Qu'est-ce que vous aviez fait de la fille ?

— La fille ? Quelle fille ? Ce n'était qu'un vieux flic... Il n'y a personne d'autre, Johnny, tu le sais aussi bien que moi.

— Il était accouru ici parce qu'il cherchait sa fille : vous avez enlevé sa fille !

— Eh ! Non, ce n'est pas ce que nous voyons. Tu vois bien qu'on ne peut cacher personne dans un cirque, sauf qui veut s'y cacher soi-même...

— Menteur... Menteur !

— Allons, Johnny, à quoi te sert de te fâcher ? Tu n'apprécies peut-être pas nos méthodes, mais reconnais qu'elles t'ont bien rendu service, ici-bas...

— Vous n'êtes qu'un criminel ! Une pourriture ! Un salaud ! De quel droit l'avez-vous tué ?

— Je viens de te le dire, Johnny-Johnny... Serais-tu pour de bon idiot ? Le Temps, la Politique, le Crime...

— Des excuses... Vous ne savez que vous protéger derrière des excuses...

— Eh bien si tu n'es pas avec nous, Johnny, faut-il comprendre que...

Barnum fait un signe en direction de Fil de Fer, comme coulé par un montant de la toiture :

« tsss... »

— Tu n'es décidément pas bien malin, mon pauvre petit Johnny, se met-il à sourire. Moi qui voyais en toi, comment dire ?... Un genre de héros, mettons.

Autour, les monstres rigolent.

— Si si, mes amis, je vous assure : un héros. C'est ainsi que je voyais notre bon ami Johnny : comme un genre de héros des temps modernes : romantique et valeureux ! Ah ! Ah !

Il ricane, très laid.

— Mais les héros mes enfants, savez-vous ? c'est comme les bons souvenirs : il faut les garder pour soi, sinon ça ne veut plus rien dire. On n'a jamais vu de vrai héros tenir plus d'un round, voilà tout ! Au bout de quelques atermoiements, le héros ma foi… Le héros, s'il veut rester sur scène, le héros est mauvais… Le héros devient une chiffe molle !

Tous ricanent.

— Qui ? Qui a envie de voir un héros pleurer sur le malheur du monde depuis une scène ?

Tous rigolent à gorge déployée. Ils sont gras et repoussants. Soudain, Johnny sent un vertige monter qui l'envahit.

— Alors Johnny ? reprend Barnum en invitant les autres à se serrer autour de lui. Tu souhaites sans doute te retirer en beauté, à présent ? Mais voilà… Tu ne peux pas. C'est bien embêtant !

— Je n'ai rien à voir avec vous ! se défend Johnny.

— Qui va te croire, bonhomme ? Hein, qui ?

— Les choses sont ce qu'elles sont ! Je n'ai rien à voir avec vous !

— Les choses sont ce que les gens croient, mon petit Johnny. Que de progrès en relations humaines tu as encore à faire, pour un apprenti héros… Que crois-tu qu'ils vont dire, dans la police ? Que tu as voulu protéger du véritable danger le pauvre flic qui était censé t'arrêter ?

Tous se serrent autour de Johnny et Fil de Fer lui barre la route par derrière. Les frères Riccinelli sortent leurs lames et aiguisent leurs dents comme autant de crocs prêts à mordiller.

Johnny a un mouvement de recul et l'Otarie sortie d'un porte-manteau, ou d'un rideau, le bouscule à l'épaule. Les sœurs Mantes le fusillent du regard. Les petits nains et la louve soupirent avec ennui sur leurs canapés.

— Nan… Nan, Johnny, reprend Barnum. Je vais te dire moi ce qu'ils vont dire, dans la police : ils vont dire, mon bon Johnny, que tu as zigouillé ce sale vieux pisseux de pauvre con de flic, parce que tu ne voulais pas qu'il te mette le grappin dessus, voilà ! Ils vont dire que tu étais seul et que tes supposés complices étaient tout au plus des receleurs de vieilleries qui ont décampé quand tu as piqué ta petite crise de nerfs…

Barnum empoigne Johnny au bras et commence de lui tordre. Johnny recule et le repousse. Mais Fil de Fer le saisit par derrière et lui plie les jambes de force sur le plancher de la roulotte. Dans un suprême effort, Johnny se laisse plier puis tend soudain de toutes ses forces. Son ressort gauche casse mais dans une explosion le droit l'envoie droit sur le plafond. Le plafond éclate et Johnny brinqueballe à l'extérieur.

— Attrapez-le ! Vous voyez bien que ce sale con se taille ! s'écrie Barnum.

Johnny bondit encore et retombe de travers sur le rebord défoncé de la roulotte. Les roues branlent et il perd l'équilibre, se ramasse dans un tas de fumier et bondit encore pour courir vers la sortie du camp. Tous accourent dehors et l'un des frères Riccinelli lui lance un couteau dans le dos, un autre dans le tendon droit de la cuisse.

Johnny se ramasse encore et roule, se redresse, trébuche, bondit de travers, titube, claudique et trouve un abri dans des poubelles de l'autre côté de l'avenue, court encore, rampe, fait plusieurs poubelles, des rues. Ça saigne ? Ça huile. Il a du sang partout.

Partie IV
Bella
La justice

18
Une amie

— Si v'l'voyez, M'dame, dites bien que ses amis voudraient l'r'voir, quémande comme un mendiant le triste vers la bonne mine grise de loin, rougeaude de près de Maman.

— J'l'ai pas vu, c'nigaud ! rouspète encore Maman l'air d'être très dérangée sur son perron. Laissez-nous ! et elle repousse l'attroupement de clowns et d'acrobates qui encombre son entrée à grands coups de balai sur sa terrasse. Allez, zou ! Voyous !

Johnny qui observe la scène à distance connaît bien Maman : des années qu'elle n'a plus passé le moindre coup de balai nulle part, alors sur le perron de la maison vous pensez. Mais elle les chasse à sa manière, comme des gosses importuns en dehors du sacré soir d'Halloween, plus gênants que des chats errants. Peut-être ne se doute-t-elle même pas du danger qui rôde sur la tête de son cher fils… Trois mois peut-être se sont écoulés et Johnny revoit Maman comme à l'identique, mi-indifférente mi-absente, seulement dérangée par des cons qui passent. Tout véritable danger semble glisser sur cet anonymat informel dont le premier principe de vie est de ne jamais se poser de question outre mesure.

Johnny entend encore son père qui gueule à l'intérieur :

— Bon Dieu, Germaine, c'est qui ces cons ! aboie un alcoolique dérangé pendant sa sieste.

Maman se retourne vers la porte, toute droite avec le balai à bout de bras, et lance :

— C'est rien, Georges ! Ne te fais pas de souci, ce sont juste des gamins idiots qui cherchent Jimmy.

— 'L'est pas à l'école, c'p'tit con ?

— Des jours qu'il est pas rentré… T'verras qu'y r'viendra encore affamé, comme de la guerre…

— Ou avec une fille déjà grosse…, tousse Papa à en cracher sa bière.

— Je sais pas, reprend Maman. Il a gardé son cartable… P'êt' qu'il est sagement en cours, pour changer. Qu'il court plus partout, c'est tout c'qu…

Elle claque la porte derrière elle.

Confortablement installé dans une limousine noire de l'autre côté de la rue, Barnum fait revenir ses chiens. Caché par un grand arbre du parc derrière, Johnny aperçoit le pommeau de sa canne briller par instants par la vitre arrière, un mauvais œil scintillant dans tout ce néant sépulcral de corbillard.

— Alors, qu'est'ça dit ? il fait.

— Des gros beaufs qu'ont perdu leur chiard, déclare un rital. Savent même plus quel jour on est, j'parie.

— Aaah, putain…, soupire Barnum. La misère des culs-terreux perdus en ville, il grommelle. T'es qu'un putain d'clebard perdu, mon p'tit Johnny, sourit-il au pommeau d'aigle doré de sa canne qui lui rend sa grimace. À la cantonade : 'L'ira plus là, c'est sûr. Voyez bien que ça sert à rien, bande de bougres ! Et son club de sportifs estropiés, c'dit quoi ?

— L'Auguste et le frangin sont partis voir. On va l'choper, c'sûr ! rend le rital tout sourire.

— Que ce con d'clown évite de tricoter des boutonnières au client, c's'ra déjà ça !

De son siège, il tape un grand coup sur le toit : « Avanti ! », et la limousine noir corbeau s'éloigne.

Comme Johnny va se résigner à partir, il avise deux flics qui passent le parc et l'évitent de justesse. Il se sent sale. Son accoutrement ne ressemble à rien. Des chausses de cuir déchirées et ridicules, son pantalon bouffant de pitre jaune, son plastron barré de rose à droite, de vert à gauche maintenant maculé de taches. Depuis longtemps, il a perdu son tricorne à grelots. Il saigne depuis un bon moment et n'a pu que se rappeler ses cours de survie pendant ses classes. Trouver de l'eau, ventiler, respirer. Maintenir un point de compression. Trouver à ménager ses efforts. Combien a-t-il parcouru ? à pied, boitant, avec la guibolle de ferraille désarticulée, le bras en écharpe sur sa plaie béante, tout juste collée sous sa main griffée. Le long des routes, sous le vent, sous la pluie, des jours durant.

Il hésite encore entre partir définitivement ou tenter pour la dernière fois sa chance, quand il remarque une allure vive et sautillante de l'autre côté de la rue, qui se précipite à son tour vers la vieille masure délabrée des parents.

Il blêmit à en défaillir, et doit se rattraper de justesse sur le tronc de l'arbre qui l'accueille presque dans un sommeil instantanément effondré.

— Madame ! appelle une voix extraordinairement familière. Vous vous souvenez de moi ? Je suis Donna. Je suis une amie de votre fils. Vous vous souvenez de moi ?

— Oui, Bella ma chérie, rétorque Maman métamorphosée soudain en vieille grand-mère immigrée. Ooohhh, comme tu es belle…, elle fait avec des yeux plein d'admiration à demi séniles. Tu l'aimes bien… le petit Johnny… ?

— Je le cherche ? L'avez-vous vu ?

— Il est à l'école…, le brave petit. Tu ne l'as pas vu à l'école, petite… ? Comme tu es belle… Rooohhh. Georges ! beugle-t-elle soudain comme une terrible mégère, Hein ? Qu'elle est belle ? et elle se tourne vers le séjour de toute sa stature.

— Qui ça ? fait la voix alcoolique de Papa par-derrière, affalé sur le canapé à mater la télé.

— M'f'… La fille ! C'est la chérie de ton fils ! elle gueule, et Bella croit déjà assister à une scène de ménage.

— Madame, reprend Bella. Je cherche Johnny, c'est très important. Si vous le voyez, vous lui direz que je veux le voir. Je suis passée à son club et des types demandaient après lui. J'ai quelque chose pour lui.

— Rooohhh…, fait Maman de nouveau changée en vieille grand-mère devant Bella. Tu l'aimes bien aussi… mon p'tit Johnny…

— Cela fait un moment que je le cherche. J'ai des choses à lui dire.

— L'amour…, ma fille… c'est immortel…, elle sourit à Bella dans une grimace perdue sur ses lèvres, les yeux hagards.

— Vous êtes gentille, Madame. Oui… Dites-lui quand vous le verrez qu'il faut bien que je le vois.

Elle fait une légère révérence vers le canapé où l'on voit poindre la vieille tête à demi échevelée de Papa, un petit signe de main à Maman et s'éloigne.

Johnny…, pense-t-elle. Johnny croit de toutes ses dernières forces l'entendre et se précipite. Au beau milieu de la rue, une voiture le percute et il roule sur plusieurs mètres comme un chiffon lourd et mort. On crie. Bella se retourne stupéfiée, et le contemple qui lui tend la main, une jambe désarticulée à demi partie dans le caniveau.

— Putain ! J'l'ai pas vu ! crie le chauffeur déjà bondi hors de la voiture.

La police déboule.

— On dirait une espèce de clodo…, glisse une ménagère en roulant son cabas vers la chaussée.

— 'L'est mort ? fait un jeune.

— Un clown-clodo, lance un autre. Regardez les mecs, les bottes et le bombers qu'y porte !

Bella se précipite.

De l'immobilité du spectacle, tout autour une petite foule s'amasse qui regarde et commente.

— Circulez, je vous prie, réclame un policier. Laissez-le respirer.

— Je suis médecin ! Je suis médecin ! crie Bella, et elle se jette à terre pour Johnny.

— À Central : appelez les secours, un piéton accidenté dans la 3e à l'ouest de Kerby.

Johnny sourit à Bella. Bella sourit à Johnny, tous deux tout à la fois effrayés, et stupéfaits, par deux années d'absence. Johnny sombre.

***

— On a tabassé votre amie, Madame, mais rien de grave, fait le médecin.

— Je vais m'occuper de lui, rétorque Bella, assez sèchement.

Tandis qu'ils parlent, Johnny observe la porte de la chambre, l'angoisse au ventre.

— Bella, Bella…, soupire-t-il vers elle.

— Écoutez, reprend Bella. Je suis médecin moi-même, et je sais aussi combien coûte un séjour rien que dans cet hôpital public. Je peux l'emmener m'occuper de lui, si son état le permet.

— Il serait préférable de faire quelques examens complémentaires. On a recousu sa blessure au couteau dans l'aine gauche, c'était sans grand dommage. Ce sera un peu douloureux quelque temps. Il est solide, votre ami, ça saute aux yeux. Et son… équipement lui a sauvé la vie avec la voiture tout à l'heure. Mais on ne peut pas décemment le laisser partir comme ça, vous vous en doutez bien. Ce n'est pas raisonnable. Nous devons au moins l'examiner.

— Examinez-le alors, au lieu de discuter !

— C'est ce que je fais Mademoiselle, c'est ce que je fais…

Le médecin s'affaire autour de Johnny avec un empressement ragaillardi et tâte les différentes plaies. Il découvre aussitôt les jambes en métal, seulement indiqué sur le rapport préliminaire des collègues, puis remonte un moment comme gêné vers le torse et la tête.

— Vous avez la tête dure, hm… Aucun trauma', c'est bien. Se baissant de nouveau vers ses jambes : ça fait longtemps que vous portez ça ? demande le médecin.

Johnny hésite :

— Un certain temps… C'est pas évident d'avoir l'air normal avec…

— Pourtant ça doit vous rendre service, comme prothèse pour vous déplacer. Et pas donné non plus. Comment avez-vous perdu vos jambes, si je puis me permettre de vous demander ?

— J'étais soldat…

— Un vétéran ! Vous avez été d'autant plus courageux de devoir supporter le retour à la vie civile avec de telles séquelles.

L'homme semble être un bon médecin.

Appliqué et doux, à l'écoute.

— J'ai travaillé pendant deux ans, à la fin de mon stage de dernière année, dans un centre où ils redonnaient le goût de la marche à des vétérans… abîmés comme vous. Mais je n'ai encore jamais vu pareil appareillage. C'est expérimental ?

— Je ne sais pas, c'est ce qu'on m'a donné.

— En tout cas, c'est du très beau boulot. Votre jambe droite et quasiment en ruine, voyez, elle est presque complètement désarticulée au genou (il fait pendre la jambe comme une articulation morte), et elle perd de l'huile. Mais c'est du bel ouvrage : il faudra demander la même chose quand votre centre de réinsertion vous remettra sur pied. Allez, je vous laisse. Mis à part un bon choc à la tête et quelques contusions aux bras, comme je disais à votre amie vous êtes un sacré gaillard : la voiture de ce passant vous a fait faire le grand vol plané et vous vous en sortez avec presque rien ! Si j'osais, vos jambes de métal ont supporté plus que ne l'auraient fait de vraies…

— Merci docteur, s'empresse Bella.

— Prenez soin de lui, Mademoiselle, il est solide ce vétéran mais ménagez-le, il revient de loin !

Bella claque presque la porte derrière les pas du docteur.

— Johnny ! elle lui crie.

— Bonjour, Bella..., soupire Johnny, mi-anéanti, mi-émerveillé.

— Il y a si longtemps, mon Johnny. J'ai l'impression qu'il y a si longtemps…

— Deux ans à peine, pourtant…

— Que t'est-il arrivé ? Dans quel état je te retrouve ?

— La vie, ma belle… La vie. Pas drôle, quelquefois c'est une vraie salope…

— Où étais-tu passé ? Je t'ai cherché partout, quand j'ai appris. Pourquoi n'étais-tu plus chez tes parents ?

— J'avais des choses à faire. On m'a proposé des choses… à faire…

— Les types qui te cherchent partout ? Je les ai aperçus dans ton club de basket-ball pour vétérans, mais toi tu n'y étais pas. Quand j'ai demandé, on m'a dit que ça faisait des mois que tu étais parti.

— Oui, j'ai rencontré une meilleure occasion pour revivre, et puis…

— Et puis ? Tes parents non plus ils ne savent pas ce que tu es devenu, tu sais ? Ça fait mal de leur rendre visite, on dirait qu'ils ne savent même plus où ils vivent, quel temps il fait… Ta mère, la pauvre, trois fois je suis allée la voir et trois fois elle m'a oubliée…

— Pour mes parents, je ne sais pas, je découvre comme toi comme ils ont changé.

— Que veux-tu faire maintenant, Johnny ?

— Il faut que je parte, les types qui me cherchent sont déjà allés chez moi…

— Et ces jambes, Johnny, qui te les a données ?

— Lui… Eux, les types qui me cherchent. Au début, je faisais le guignol dans un cirque, oui je sais ça a l'air idiot, mais très vite j'y ai pris goût. Puis ça a tourné au vinaigre : derrière le cirque il y avait de la fauche, ou je sais pas quoi…

— De qui parles-tu, Johnny ?

— Il y a eu des morts, Bella… Ces types-là sont dangereux. De vrais fous furieux… Leur chef surtout : Barnum… Celui-là c'est un vicieux, et il est vraiment très intelligent…

— Pourquoi font-ils tout ça ?

— Je ne sais pas au juste : le fric j'imagine, mais il y a aussi des trucs bizarres qui vont avec, comme de la magie noire ou de la sorcellerie…

— Tu crois que ce… Barnum, est un sorcier ?

— En tout cas, c'est un vrai tordu… Il faut que je parte d'ici, ou ils finiront par me retrouver…

D'une fermeté presque inattendue, Bella soutient Johnny et ils claudiquent ensemble vers le couloir. Sa voiture est là, devant.

19
Sanatorium

Quand on arrive à L.A., c'est le bleu doré du Pacifique qui brille dans l'aurore, et le rose un peu trop saumon des façades des maisons, qui éveillent Johnny et lui font dire que tout va déjà mieux.

Un décor de carte postale, aussi irréel et vrai que la première fois qu'il a découvert la Californie, fraîchement débarqué qu'il était, de sa banlieue grise pour sa première année.

On n'est pas un héros quand on ne sait pas tout ce qu'on peut perdre, avait dit un jour le sergent instructeur. Johnny contemple avec le doux visage de Donna tout l'espoir d'une vie nouvelle qui pourrait renaître ici : une seconde chance pour elle, une seconde chance pour lui, en ce paradis de flamands roses.

Il y en a un qui trône sur le parterre de roses très rouges de la petite pelouse d'une villa cossue, et Donna gare le pick-up dans l'allée encadrée d'une barrière de bois blanc et d'une boîte à lettres surmontée d'un nain en plâtre joyeux.

Un homme sort de la maison, à son allure lente et raide Johnny distingue un très grand type efflanqué et sec, âgé, agile.

— Professeur, comment allez-vous ?

Le Monsieur, c'en est un, l'embrasse comme un père et lui offre des bras et un sourire de bienvenue.

— Bienvenue, charmante enfant, bienvenue. C'est toujours un plaisir comme vous savez de vous voir.

— Sans vous, je ne sais pas ce que je ferais.

— Ce n'est rien. Alors, votre ami ?

Il se tourne vers Johnny qui reste le visage rivé à la fenêtre.

— Il n'a pas l'air bien…

— Il est choqué, je pense. Il ne sait pas où aller, il n'est même pas en état. Je n'ai pensé qu'à vous.

— Votre bonne âme vous conduit toujours là où il faut. Amenons-le dans le salon, nous verrons bien comment l'aider.

Donna ouvre la portière et commence de vouloir traîner Johnny, ses petits bras alanguis par la nuit de conduite vers L.A., et le Monsieur s'empresse de le soutenir par l'autre épaule.

On le porte hors du véhicule, on le tire sur le perron, on le traîne dans l'entrée, pour l'asseoir enfin dans un vieux canapé de salon. Épuisé, Johnny s'affale mollement sur le côté, sa tête écroulée sur un épais et confortable rebord matelassé. Une odeur de tabac froid et de sable envahit aussitôt ses narines.

Autour les boiseries de la cheminée, de la bibliothèque embaument une atmosphère qui ne ressemble à rien de ce qu'on s'attendrait à trouver dans une villa californienne. La maison de l'intérieur paraît cent ans de plus, la tanière confortable et cossue d'un grand lecteur. Une douceur bienveillante manque de s'emparer de lui.

S'étirant comme par réflexe, Johnny renverse malgré lui des piles de bouquins laissés à méditer sur une table basse, puis allongé, il aperçoit encore une table de travail recouverte de papiers, des dessins accrochés, des croquis, des dossiers et des paperasses de toutes sortes enfin qui noient tout le milieu de la pièce dans une réflexion aérée seulement par un ventilateur qui lutte jour et nuit contre la moiteur du dehors. À l'extérieur, la lumière insolente du soleil rejaillit sur le vert criard de grandes feuilles, par-devant un magnifique saule au milieu d'une belle pelouse, arrêtée seulement par la barrière de bois blanc. De vieux rideaux, inégaux et dépareillés, tamisent le lieu d'une lueur diaphane.

L'homme braque la lampe en pied à côté de la cheminée vers Johnny et à genou se met en devoir de l'ausculter. De toute évidence, c'est un médecin.

— Il est fracassé un peu partout. J'ai peur que ses blessures ne soient multiples.

— Il est tombé tel quel devant moi. Je n'ai pas bien compris ce qui lui est arrivé. Il ne peut pas encore tout expliquer.

— Drôle de jambes…, fait l'homme. Il portait déjà ces béquilles quand vous l'avez trouvé ?

— Oui. C'est un ami d'enfance, vous savez. On s'était perdus de vue. Il est dans le spectacle ou je ne sais quoi. Il n'aime pas en parler. C'est depuis qu'il a perdu ses jambes comme vétéran de guerre, il se démène dans tous les sens, c'est un brave type je le connais mais il a été amené à fréquenter de mauvaises personnes, j'en ai bien peur.

— Je vois. Vous savez, ce genre de béquilles ne se trouve pas partout.

Johnny se penche vers ses jambes déchiquetées et tente de montrer quelque chose.

« Bailey ltd », c'est intéressant fait l'homme.

— Professeur, dit Donna pleine de pitié, dites-moi que vous l'aiderez.

— Bien sûr, bien sûr, fait le Professeur rassurant. Vous n'avez rien à craindre, on va s'en occuper, ensemble. Cela fait déjà si longtemps qu'on ne m'a demandé de l'aide aussi gentiment.

Il lui touche affectueusement la joue avec la main.

— Restez si vous voulez. Et puis ce jeune homme a plus besoin de vous que de moi.

Il regarde Johnny en souriant, bienveillant, d'un sourire prononcé.

Johnny a du mal à comprendre ce qui arrive. Mais le Professeur se veut tout de suite très clair.

— Ces jambes-là je les connais : vous avez très bien fait de me l'amener.

— Que voulez-vous dire, Terry ?

— Ma petite, il fut un temps où mes bons services de prothésiste étaient appréciés bien au-delà de la maison de repos voisine. J'en ai connu, des types qui s'étaient fait arracher une jambe à la guerre, un bras, le bassin ou les vertèbres, ou qui étaient trop vieux et trop riches pour continuer à marcher.

— Vous avez été un grand professeur de sciences, Professeur…

— Oui…, et j'ai eu plus que quelques idées. J'ai travaillé sur des projets similaires à ce que vous voyez là aujourd'hui. De vraies machines à marcher sur la tête.

Il désigne les béquilles brisées et gratte un peu le noir qui masque les plaques d'immatriculation des pièces.

— Par exemple cette pièce-là, un vilebrequin gyroscopique à piston hydraulique, on ne mettrait jamais ça dans une guibolle ordinaire. C'est de la trop bonne camelote, et un homme ordinaire, appuie-t-il vers Johnny, ne saurait pas s'en servir.

— Mais vous croyez qu'il s'en sert, lui ?

— Pourquoi les a-t-il accrochées autour des cuisses alors ? Et pourquoi ont-elles été écrasées au pressoir ?

Il montre une longue fissure qui serpente tout du long d'un cylindre, comme découpée à la scie, des à-coups comme s'acharnant sur la tête de l'os métallique, puis une déchirure s'agrandissant sous l'effet de la pression intérieure : tout un os de métal, éclaté.

— Qu'est-ce que tu faisais dans ce cirque Johnny ? clame soudain Bella.

— Allons mon enfant, ne vous effrayez plus. Cela est fini à présent. Vous avez été très courageuse.

— Si seulement j'avais pu arriver plus tôt.

— Vous êtes arrivée bien assez tôt pour sauver ce pauvre bougre, croyez-m'en. Tenez, nous discutons là debout et la question n'est même plus de savoir s'il est hors de danger. Vous l'avez déjà soigné : vous lui avez sauvé la vie, deux fois !

— Vous avez été mon meilleur professeur…

— Et je ne vous ai même pas offert à boire ! éclate de rire le Professeur. Tenez mon enfant, prenez un remontant.

Ils s'éloignent un peu et discutent dans le contre-jour de la salle à manger qui aveugle Johnny, fatigué et solitaire. Le mobilier usé vole à la pièce tout ce qui lui reste de neuf, les murs limpides et clairs sont effacés derrière cette nostalgie triste d'une époque inconnue, les années 50 ? peut-être n'ont-elles jamais existé, comme un esprit resté sur un temps de jeunesse que montrent des photos encadrées sur une commode, beaucoup de diplômes, des récompenses, une grosse médaille suspendue sur un grand papier, au-dessus de la porte de la cuisine.

Johnny contemple tant qu'il peut, puis s'endort lourdement. Au soir, il sent qu'à deux ils le hissent dans une chambre au premier, utilisant de vieux draps comme civière par-dessus le bel escalier.

Johnny passe deux jours, peut-être trois, dans le silence étouffé d'une petite chambre mansardée, pour seule lumière une fenêtre étroite et cernée de rideaux en dentelles, et par moment le signal du vent dans les feuilles, la danse silencieuse d'un papillon qui fait des ombres sur la tapisserie ancienne d'une chambre d'enfant. Tout est vide, que le petit lit et la commode, trop basse pour un adulte, trop haute pour la petite fenêtre de la mansarde.

***

La cuisine.

— Jeune homme, que comptez-vous faire à présent ?

— Johnny, il faut bien réfléchir maintenant…, glisse Bella avec blancheur.

Johnny est perdu, une fois de plus dans sa petite vie. Il n'a pas seulement tout perdu : il est perdu lui-même. Il repense à ce qu'il sait faire. À son droit, bof. À ses cours de survie, à l'armée qui, finalement, lui a tout donné, et lui a tout repris aussi. Tout ?

— Il ne faut surtout pas en vouloir au monde entier, désormais. Ce qui vous arrive est triste, mais…

L'armée ne lui a laissé qu'une chose : ce qu'elle lui a enseigné : la survie. Et là, il comprend, en un éclair il comprend : l'enseignement de la survie, est la première arme.

— Johnny…, glisse encore Bella avec tristesse et compassion.

Peut-être, pour lui, la pire émotion que peut vous adresser l'amour chez cette femme, si belle et si sincère…

Ses yeux fulminent soudain, sans violence, seulement intensément. Il est pris entre une concentration extrême et le visage si doux, si beau de Bella, au pied d'un mur, du mur.

— Le Christ c'est de la merde, lance-t-il comme à lui-même.

Car le vrai Amour qui vous transcende est admiration : jamais pitié, jamais compassion. Cet Amour-là ne fait que donner. Et pour donner, il faut recevoir.

— Je dois régler mes comptes, déclare Johnny parfaitement lui-même.

— Ces personnes, demande le Professeur, ils vous cherchent, ils vous veulent du mal ?

— Ils me cherchent, mais ils ne m'attendent pas.

— Ils te tueront, Johnny ! s'écrie Bella, et comme dans un immense regret elle jette son visage dans ses deux mains jointes.

Son père est un vieux con de sénateur, des origines italiennes, une fortune dans l'immobilier, le béton et les concurrents coulés dans les fondations : elle connaît.

— Vous croyez vraiment que vous pouvez vous en retourner et les affronter dans un grand baroud d'honneur ? envoie le Professeur dans un début de demi-sourire masqué.

— Ça s'est déjà fait, réplique Johnny, sa franchise militaire au garde à vous.

— Ça vous est resté, l'armée…

— C'est inévitable, rétorque Johnny. Vous savez ce que c'est, pas vrai ?

— Un peu, oui… Mais il y a longtemps.

— On ne se refait pas, quand on a vécu ça. Et jusque dans ma chair, voyez-vous ça ?

Il se redresse de toute sa stature et la lampe au-dessus de la table de la cuisine ploie sur sa tête. Il repousse prudemment l'ampoule et laisse osciller la lumière sur toute la pièce.

— Et puis, ai-je le choix ? Mes parents, tu les as vus, Bella, pourrais-je jamais retourner tranquillement toucher ma petite pension d'handicapé chez eux ?

— Tu peux aussi choisir de refaire ta vie ailleurs ?… Loin de tous ces dingues…

— Où ça ? J'ai pas un rond. Pas un. Comme tu me vois là, Bella, c'est moi. Rien d'autre que moi. Que moi. Je sais même pas si je pourrais encore conduire une voiture avec ces trucs de sauterelle à la place des jambes. J'ai même pas de maison…

— Vous me faites l'effet d'une cigale abîmée ! rit de bon cœur le Professeur en l'admirant si grand, une vieille chemise blanche trop grande sur sa maigreur de jeûne.

Bella rit aussi, se tourne presque intimement vers le Professeur, et regarde encore Johnny les yeux baignés de larmes.

— Nous ne nous sommes jamais compris, Johnny…

— Je sais, Bella. Tu crois que je vois pas comment tu te désespères de moi, à chaque fois ?

Ils se fixent l'un l'autre un long moment, partagés entre la blancheur d'une émotion saine, voulue mais morte, et une attirance persistante, presque amicale.

— Je sais…, soupire Bella, et elle ne peut empêcher sa main de serrer celle du Professeur, dans une discrétion désespérée.

— C'est pas grave, lui sourit Johnny. Tu seras mon médecin ! rit-il sincèrement. Tu as été formidable, ma belle, tu sais ? Tu es formidable ! Tu m'as traîné jusqu'ici, rafistolé, écouté pleurer, m'effondrer, m'évanouir… Qu'avais-je fait pour mériter tout ça ? … Je le sais bien, je ne te mérite pas…

— Johnny…, commence de pleurer Bella.

— Laisse, ma belle, laisse. C'est pas grave : sois mon toubib attitré désormais, si tu veux bien, et ça ira parfaitement.

— Que vous êtes fringant, jeune homme, sourit aussi le Professeur. N'êtes-vous pas tout de même un peu impréparé, pour votre petite guerre ?

— Je suis un soldat, Monsieur. Diminué, condamné un temps à la retraite, mais j'ai mon pays à défendre. Et ces types-là sont de vrais dangers publics.

— Comment comptez-vous les trouver avant qu'ils vous trouvent ?

— C'est un cirque. Un petit cirque miteux de province, qui parcourt le pays d'état en état avec des escales déterminées par son programme de représentations. C'est facile à trouver, pourvu que je cherche dans les grandes villes.

— Mais côté matériel ? Vos jambes métalliques, par exemple, pourraient intéresser quelques-unes de mes connaissances.

— Qui ?

— Vous me parliez de votre expérience de l'armée tout à l'heure, et je vous disais que moi-même, j'y avais eu mon compte.

— Vous avez des soutiens ?

— Logistique, oui, si on peut dire. J'ai accès à quelques matériels assez proches de ce que vous connaissez déjà. Mais on ne donne rien sans rien.

— Qui êtes-vous ?

— Un simple retraité, rassurez-vous. Cependant, je connais quelques personnes intimes, plus dans la place, qui ont quelques services à leur passif.

— Vous me parlez de l'armée, c'est bien ça ?

— Que vous êtes naïf, c'est fou ! éclate le Professeur. L'armée, l'armée ! C'est plus compliqué : la raison d'État. Les savants ont leur mot à dire aussi.

— Les savants ?

— Les savants, oui. Je travaille pour plusieurs institutions, humanitaires, philanthropiques, scientifiques, gouvernementales aussi, quelques fois, ou non gouvernementales, publiques en tout cas.

— Que proposez-vous ?

— Vous entraîner, mon gaillard. Je pourrais vous fournir du matériel, assurer votre gite, si vous consentiez à suivre quelques règles dont vous dites, vous réclamer.

Johnny est un peu grogui. Ses jambes fendues fatiguent : le verrin principal à gauche est complètement sec désormais de toute graisse, et il doit s'appuyer sur sa cuisse gauche dont le genou a cassé, et reste obstinément coincé.

— À qui me demandez-vous d'obéir, cette fois ?

— Aux intérêts de votre pays, jeune homme, puisque vous en parlez si bien.

— Et vous, à qui obéissez-vous ?

— Je vous l'ai dit, je suis en retraite. Mais je connais du monde. Notez bien, d'un sens, je suis plus chanceux que vous.

Méfiant :

— Vous voulez qu'on joue aux cartes ?

— Non, ce n'est plus la peine, jeune homme. Si je vous aide, ce ne sera plus un jeu, savez-vous ?

— M'aider comment, si vous n'êtes plus dans l'armée ?

— Le modèle de vos jambes est un peu ancien. Je peux vous en fournir un plus récent.

Le Professeur les conduit tous deux dans son large bureau, pièce très à l'écart de la maison, au deuxième étage, sans fenêtre. Il s'empare avec un sourire très décontracté d'une large caisse qu'il redescend au rez-de-chaussée à bout de bras, presque légère comme une plume.

Un liseré précis et élégant produit un grand et léger bas-relief en creux, sur le couvercle galbé : « 7L ».

— Modèle « 7 Lieues », d'un nom européen, je crois. Inspirées des postes du vieux continent, de ce que m'en contait un ancien colonel de la zone réservée où j'ai travaillé sur des estropiés de guerre comme vous. Vous savez, les savants militaires, ils ont souvent le bon mot : mais c'est seulement entre eux.

Il décrochète le couvercle, sur un long galbe dépressurisant que laissent coulisser deux gros bras pneumatiques. Dedans deux armatures fixées dans de la mousse par une succession de petits crochets.

— Entraînez-vous, jeune homme, avant de réclamer justice.

Johnny rend à ses deux sauveurs un immense sourire. Les larmes continuent de couler sur le si beau visage de Bella. S'approchant avec assurance, elle caresse le torse de sa chemise de grand maigre.

— Laisse-moi déjà nettoyer tout ça. Tu veux te venger, c'est ça ? commence-t-elle avec blancheur.

— Même pas, non, dit Johnny. Je veux la Justice. Un peu comme là-bas. Il faut croire que je n'y étais pas par hasard.

— La guerre qui t'a volé tes jambes, Johnny. Tu n'as donc pas peur de te rendre compte que tu tournes en rond ! lui lance-t-elle soudain très en colère.

Elle va pour décrocher le plastron grisâtre qui attend depuis une semaine dans le placard de l'entrée, puis revient aussitôt vers Johnny et commence de tirer son pantalon aux trois quarts déchiré.

— C'est fait, Bella ! fait Johnny déjà à demi allongé sur sa chaise pour retirer tout seul son pantalon.

Tous découvrent, depuis longtemps pour lui, les cuisses grosses comme celles d'un bœuf, poilues, élégantes et sportives en haut, coupées soudain sur les genoux, la peau repliée en deux fortes coutures par-derrière.

Bella ne peut s'empêcher d'effleurer ses jambes, et regardant Johnny elle revoit sa douceur, et sa beauté d'athlète complet, ses jambes d'Achille… Puis ses yeux retombent comme il est encore là à la contempler, gracieux et un peu imbécile, il l'a toujours trouvée si belle ! ; puis elle revoit les jambes, coupées nettes au-dessus du jarret.

— Allez, donne-moi tout ça, dit-elle bassement en fermant les yeux.

Elle s'éloigne.

— Mon gars, glisse le Professeur vers Johnny comme ils la regardent tous deux s'éloigner, une règle de survie pour tout vrai gentleman : ne fâchez jamais une femme que vous convoitez. Ou alors laissez tomber cette prise, c'est peine perdue. Et un gentleman, jeune homme, ne doit jamais rien faire en pure perte.

— Professeur, sourit Johnny au vieillard élégant qui lui respire son haleine de vieux livres dans le nez, cette femme et moi, c'est… Compliqué. Mais comme vous, je m'applique à bien lire toutes mes leçons, rien qu'une fois, même si je ne les apprends pas toujours la première fois.

— Vous savez, je ne suis plus votre prof', rigole le professeur d'égal à égal. Appelez-moi plutôt Terry.

— Terry, ça sonne bien. Je ne vous imaginais pas en « Terry »...

— Professeur Fox, Monsieur Terry Fox, ou simplement Terry : faites votre choix, mon ami. Après tout, nous sommes entre anciens soldats.

— L'armée a peut-être été une vaste connerie, finalement..., soupire Johnny en observant Bella étirant son costume sur un mannequin de couturière.

Elle veut commencer de l'épousseter avec une brosse, mais constate le piteux état des manches déchirées, la mousse apparaissant au bas du torse, une armature d'épaule déboîtant tout le dos si bien qu'elle ne parvient pas à suspendre le costume bien droit sur le mannequin.

— Ça aussi, c'est cassé, soupire-t-elle pour elle.

D'un mouvement leste du bras, elle soulève le mannequin encostumé et disparaît à l'étage.

— L'armée, c'est l'armée, c'est tout. Moi je n'ai jamais été réellement au combat, j'ai toujours été à l'arrière, au sein des services techniques, et de loin comme ça, je pourrais dire, j'ai pris part à 5 guerres.

— Vous êtes une huile, Professeur. Jamais vu péter de bombes en direct ? Jamais de fusillade ?

— Oh, si... Ne croyez pas ça, jeune homme. Je n'ai cependant jamais tiré sur personne, sauf pendant mes classes, et à blanc : vous connaissez. Mais j'ai vu mon lot d'horreurs. J'ai été pris sous le feu, moi aussi. Quand vous êtes nommé dans l'urgence médecin de campagne, et que vous devez soigner sur le terrain des troupes pendant la grande contre-offensive Viêt-Cong, vous êtes bien content que des petits gars comme vous viennent vous faire évacuer par hélicoptère avec les blessés.

— Je comprends mieux à présent, pourquoi vous connaissez tous ces trucs. Je vous demande pardon si j'ai pu…

— Me prendre pour un vieux con ? rit Terry Fox. C'est gentil à vous de vous inquiéter aussi, mais ne vous en faites pas. Vous me rappelez tant de petits gars… J'en ai vu crever, vous savez. Je veux dire, quand vous arrivez trop tard, ou que ça se complique, ou que c'est trop grave… Bref, reprend-t-il dans une larme étouffée, la guerre : vous et moi savons que c'est une vraie merde, pour l'avoir éprouvée dans nos tripes, pas juste comme un « truc pas bien » à l'autre bout du monde comme tous les civils des pays riches. D'avoir des diplômes de médecine ça protège juste de se prendre directement toute la mitraille, mais elle finit quand même par vous atteindre. Et qui nous protège, tant qu'elle peut, de la mitraille ? L'armée. Vous pouvez la décrier aujourd'hui, elle vous a enrôlé : mais c'est vous qui avez signé.

— Qui signe pour ça ?

— Personne. Évidemment, personne. Ou alors les fous complets. Les types comme vous et moi : jeunes fauchés, brillants, l'avenir tellement plein. C'est le risque qui va avec l'armée. Elle, justement, vous me direz, se porterait tellement mieux si tous les p'tits gars pouvaient rentrer au pays victorieux et heureux. Mais c'est la guerre, et c'est son job : l'armée.

— Pourquoi la guerre, alors ? ironise Johnny en désespoir de sortir de cette conversation.

— Elle est là, point. C'est quelque chose d'humain, voilà tout. Certains disent que c'est un trait de notre évolution. Un général Français avait cette blague : « Vous savez la différence qu'il y a entre la chasse et la guerre ? À la guerre : le lapin, aussi, a un fusil ».

— Je ne vois pas bien le rapport, je regrette.

— Il y a d'autres principes inscrits dans notre nature humaine : la science, l'art, l'amour, le rire paraît-il, mais aussi le crime, la folie, la cruauté. Finalement, quand on doit faire la guerre, parce que malheureusement parfois il faut la faire, que fait l'armée pour nous ? Elle nous protège, du mieux qu'elle peut. Si on devait résumer, mon boulot dans l'armée a consisté en ça : protéger au mieux les soldats. Il faut bien admettre que nous avions les moyens, mais qu'ils n'ont jamais été infinis… Le plus souvent, j'ai surtout réparé la casse…

— Comme vous dites, Professeur : la casse…

— Oui, je sais. Cela restera longtemps un sujet de discorde entre nous, jeune homme. Les choses sont ainsi. Ni vous ni moi ne pouvons rien y changer, personne n'en a le pouvoir. Êtes-vous sûr de bien vouloir aller de l'avant ? Bella croît bien que non, finalement. Et moi, que dois-je croire ? Ai-je raison de vous aider ?

***

Le Dr Terry Fox a dit :

— Il n'y a pas de seconde chance, pas de vraie culpabilité, pas de destin. Il n'y a que le choix, à chaque instant. La volonté. Chacun peut y répondre, et il n'est pas de bon véritable ni de mauvais. Il est seulement, infiniment plus tentant de jouir du mal, que d'éprouver le courage du bien.

20
Maître Loyal

La Nuit. Des immeubles décrépis, un terrain vague, des tags dégueulasses, illisibles, quelques véritables œuvres d'art, abandonnées, gâchées par de vieilles affiches déchirées, des inscriptions éparses, un peu de la haine de la ville et de la *lose*, un échangeur d'autoroute, et sous la pluie : le cirque, triste comme elle.

Le spectacle s'est accompli avec rectitude : Barnum veille au grain. Les visiteurs s'éparpillent comme des lucioles électriques par le parking, les rues, les avenues alentour. Les carrioles s'activent un temps, puis tout s'éteint, dans la bruine qui poursuit la nuit. Temps de merde en novembre, vers Chicago.

Tel un chat Johnny descend sur le toit du dôme bleu et rouge, depuis le pont de l'Oxbridge qui serpente presque au-dessus.

Comme toujours, tout est d'un calme olympien en ce petit enfer de choses inconnues : multitudes de cordages, toiles pentues, échelles, gradins, travées de sièges fatigués, rebord de piste robuste, frustre à force de servir de marches pieds, un bois poli, encore verni par endroits.

Johnny connaît. Il évite de pénétrer sur la piste : Hilly n'y dort jamais, un grand creux en dessine son lieu dans la pénombre, mais les cynocéphales dorment telles des chauves-souris dans les hauts barreaux du grand rideau, loin devant lui. Johnny se faufile par les sorties, fuyant toute lumière.

Tout paraît baigné par la nuit et la pluie. Par instants, de lointains phares de voiture viennent scintiller sur des gouttes d'eau, refléter les vitres des bungalows.

Johnny avise sa carriole : le toit bien réparé et plus neuf qu'un manège pour enfants. Il tend la main vers le loquet : fermé. Il contourne le petit perron de bois accroché qui grince sous son poids. Instantanément s'arrête : écoute le bruit. Alentour : la pluie ruisselle sur les toits, quelques nasillements lointains de singes, ou d'oiseaux, un grognement égaré de fauve, ou de cheval, très loin.

Ses bottes ont les pieds noyés dans la boue. Devant lui, juste au-dessus, la première fenêtre s'entrebâille d'une ouverture étroite. Il glisse la main, et lentement, lentement ouvre toute la fenêtre. S'arrête. Écoute encore.

Vide et noir.

Lestement, il se hisse par la fenêtre, et pose ses pieds sur un canapé, qu'il n'avait pas installé là quand cette carriole lui était attribuée.

Il écoute encore le silence de la pièce obscure et la pluie qui continue de tomber au-dehors, immobile et droit, laissant détremper ses bottes.

Un grincement dans la pénombre : on se retourne devant : un corps allongé sur la banquette d'en face. On tousse. Ça sent le tabac froid, une vague odeur de poisson, d'assiette abandonnée ? La lessive sur la droite : ce que Johnny se rappelle comme le coin toilette.

Ça bouge encore sur la banquette tout en face de Johnny. Ça cherche le sommeil. Ça se retourne, et se cogne sur un rebord d'étagère au-dessus de sa tête. Ça râle, et ça comprend que le froid vient de la fenêtre grande ouverte.

— … meurdhhh… … fais ch'…

Ça cherche la lumière dans le noir et ça allume la lampe de chevet à côté de la banquette.

Le triste. Qui se tapait un bon roupillon puisqu'y a rien à faire d'autre que de surveiller ces conneries d'bestiaux qui de toute façon font jamais d'histoire.

— … puteuuuh… … vierge…, souffle le triste vers Johnny avec de grands yeux absolument ahuris.

Johnny le contemple, silencieux, dressé, légèrement courbé vers lui. Comme une apparition du Diable.

Le triste demeure arrêté de terreur.

— Johnny ! JOHNNY ! explose le triste. T'es… … t'es… T'es là, mon pote ?

— Comme tu vois. Mon… pote. Alors, qu'est-ce que ça fait, de vautrer dans mes affaires ?

Le triste jette des regards effrayés tout autour de lui, se redresse pour de bon, bondit à la fenêtre derrière lui, scrute bien tout au dehors la tête collée à la vitre, en bas en haut à gauche à droite, se retourne encore et sans faire mine de regarder Johnny comme d'une peur immense, il se contorsionne en arrière les épaules et bat des bras comme un grand poulet dégingandé.

— Ah, mon pote, il fait à Johnny avec un sourire très embarrassé.

Il s'assied sur la banquette qui lui servait l'instant d'avant de lit et se penche un peu vers lui, par-dessus la table basse qui les sépare.

— On me l'a donnée, crois bien. Quand qu't'es parti, Barnum m'a dit : « Y s'en servira plus, tu peux bien avoir ta vie à toi ».

— M'en fous, de la carriole..., p'tit père. Où sont mes affaires ?

— Ben, j'les ai pas. C'Barnum qu'a tout ça, t'sais bien.

— Et... ma canne ?

— Ta canne ? C'est ma canne, à présent ! Barnum me l'a donnée aussi, que je sais bien m'en servir, presque pareil que toi. Elle a un clown dessus, ç'compte aussi ! Elle me va mieux qu'à toi. C'est Barnum qui l'a dit !

— Où est-elle ?

— Pas là ! fait le triste comme effrayé de lever ses mains de la banquette, un gros enfant attardé, légèrement débile, perdu dans sa grimace plus bête qu'hideuse.

— Ma canne, p'tit père. Tu ne voudrais pas que je me fâche, pas vrai ?

Une lueur de phare vient arroser soudain la pièce.

Le triste bondit comme un ressort et veut atteindre la porte. Johnny le repousse sur le fond de la carriole. Le triste se laisse comme tomber, puis se précipite sur la banquette et veut l'ouvrir.

Johnny a sauté jusqu'au battant et le saisit déjà au poignet, quand le triste lui assène un grand coup raide sur la cuisse avec la canne en main.

Johnny plaque la canne au sol de son autre jambe, tournoie et envoie son premier pied vers le triste, lui casse le nez sur sa semelle.

Ça fait un grand craquement sec. Le triste étire le cou en arrière sur une grande grimace silencieuse et effroyablement douloureuse, se met à hoqueter comme un gosse.

— Uuuhhh… … j'voulais p'ça…, il geint. … j'voulais p'ça…

— T'es un grand garçon, coco. Tu savais bien que toutes ces conneries allaient se payer.

— … c'pas moi… … c'pas moi…

Johnny avise l'armoire à vêtements. Des tuniques à jabots, une autre canne de Charlot, et une toque en vrac sur l'étagère du dessus : un haut de forme parfait. Sur le petit bureau : un masque vénitien. Johnny s'en saisit mais il est brisé, et sale. Johnny avise également deux bombes de peinture : une rouge et une jaune dorée, dont le triste se sert habituellement pour marquer les murs et les bêtes : les cornes des licornes qui scintillent sous les lueurs du grand Cirque, la cage aux fauves : « DANGER », « MAL DORMI CETTE NUIT », ou encore « ENTRÉE INTERDITE ENCULES ! »…

Johnny s'empare des bombes et les fourre dans les replis de sa redingote bouffante.

Du bruit au-dehors.

— Putain ! Quel con, ce… Con !

— Il dort ?

— Il a intérêt ! Parce que c'est trop tard !

— Ils me cherchent…, soupire le triste à Johnny, maintenant rassis qui s'essuie le sang avec son grand mouchoir.

Ça cogne à la porte.

— Sors, ducon !

— Les animaux sont toujours dans leurs cages.

— M'en fous ! On lui demande pas grand-chose !

— Quoi ! crie le triste. J'suis là !

— Salaud ! Ouvre !

— … J'suis pas seul…

On grogne à l'extérieur.

— Une pute ? demande fermement la grosse voix, toujours colérique.

— Une pute ? demande une autre voix féminine par-derrière. Pas possible…

— … mais si, tu sais bien il…, poursuit une autre.

— 'L'est là ! pousse le triste dans un cri murmurant.

Il jette de grands yeux de hibou à Johnny.

— 'L'est lààà ! siffle-t-il presque.

— Put…, fait la grosse voix à l'extérieur.

Le toit explose de nouveau.

L'Auguste recule du perron de la carriole à s'en casser la gueule, pour regarder ce qui a explosé. Johnny fait un premier bond sur le toit juste à droite, puis devant encore, et atterrit comme un diable au milieu des caravanes. L'apercevant comme un spectre dans les lueurs lointaines, la louve masque tout son corps derrière son grand manteau, épouvantée et digne devant cette apparition. Les nains crient comme des enfants et filent se cacher sous un bungalow. Les sœurs Mantes se serrent l'une contre l'autre. L'Otarie s'immobilise toute droite comme une perche balancée par les vents au milieu de la place, un frétillement frénétique sous son chapeau.

— Salopard…, grogne l'Auguste, sa fureur hystérique plein les yeux et son affreuse grimace pendante.

Lentement, Johnny contemple son public en un large mouvement circulaire, la canne brandie bien haut. Ils ne sont que sept, avec ce con de triste à l'intérieur qu'on entend agripper et tirer sur le loquet comme un animal piégé.

— 'pas eu ta l'çon, connard…, gronde l'Auguste en pataugeant devant Johnny. Son saroual jaunâtre dégouline et il tend aussi sa canne en l'air vers Johnny, une espèce de crâne hurlant, à demi décharné en guise de pommeau. Pendant plusieurs secondes, tous le voient menaçant et horrible, son regard furieux qui semble se perdre dans un lointain, puis revenir avec rage sur Johnny.

— Maître Barnum a dit…, il commence pointant son pommeau, t'es qu'un putain de TRAÎTREUUHHH !

Il se jette sur Johnny et veut lui asséner un formidable coup de canne direct, façon saut de *Prince of Persia*. La boue jaillit de derrière ses pieds et décrit une giclée extraordinaire, éclaboussant abondamment les nains planqués sous la caravane. À l'unisson, ils hurlent.

Johnny pare sans mal, lui assène un croisé haut qui le gifle violemment à l'horizontale du front. Le clown est projeté en arrière et instantanément sa tête se noie dans la boue, son corps s'étale de tout son long les quatre fers en éventail. KO, net. L'Otarie sautille sur place comme une folle, puis aussitôt déserte l'endroit paniquée à s'en cogner les genoux sur les jantes et les perrons des carrioles. La louve demeure parfaitement immobile, puis pousse un long, et puissant hululement, que finit un couinement de chienne craintive.

Les sœurs Mantes, serrées l'une l'autre, restent parfaitement immobiles, et le contemplent de leurs quatre yeux magnifiques et froids.

— Le beau Johnny…, elles lancent d'une voix unique. Deux belles diseuses de bonne aventure en mini-jupes de putes, mi-prostituées tant elles sont belles, mi-sorcières tant elles regardent Johnny comme à travers lui.

— Bonsoir, mes demoiselles, fait Johnny.

— 'Soir, Johnny. Tu seras toujours le plus beau, tu sais...

— Où est Barnum ? Nous avons des comptes à régler.

— Pas là. Ses affaires, tu connais… Il n'est plus sur ton dos, de meilleures choses à faire…

Elles veulent s'approcher et tendent vers Johnny quatre mains langoureuses de leurs longs bras gracieusement échappés de voilages aériens, coton égyptien étrangement immaculé sous cette pluie intermittente.

— Tut, tut, les mignonnes, fait Johnny en les repoussant de sa canne. Les filles, vous êtes trop belles et trop douées pour toute cette merde : laissez tomber.

— Johnny le beau, tu sais tout toi ! partent-elles dans un rire éthylique.

— Tu vas nous sauver, t'sais toi… Johnny ! elles se marrent entre elles comme deux clubbeuses pétées et hilares à leur Binge drinking.

— Aaah…, souffle encore celle de gauche tout prêt de Johnny, son haleine de Gin et de clope habillant son regard magnétique et beau : … Johnny… Le beau… Putain, c'est vrai qu't'es beau !

Sa sœur assentit.

— T'es un amour, mon beau, mais t'es pas d'c'monde-là ! Tu vas te faire violer, andouille ! elle l'embrasse presque et finit par lui baver sensuellement sur tout le long de la joue, jusque dans l'oreille dont elle mordille, et aspire, le lobe.

L'autre sœur lui caresse sensuellement la main refermée sur la canne, puis la jambe, s'égare un instant à l'entrecuisse, et se retire. Elle plaque ses deux mains sur le torse de ménestrel, caresse encore les plaquettes dans un demi soupir d'admiration, et envie, puis se retire à l'unisson avec la première sœur qui desserre les dents de son lobe dans un profond souffle de jouissance.

— Allez, va, disent-elles ensemble se tenant par la main.

Sans peur aucune, elles lui tournent le dos et s'éloignent entre les caravanes.

Lentement, Johnny pivote tout autour de lui. La louve a disparu. L'Auguste est allongé comme mort, la gueule ravagée par le maquillage atroce, la boue, la pluie et le crâne ouvert au beau milieu du front.

Johnny entend encore comme deux petites fouines qui se glissent de l'autre côté des caravanes et disparaissent au loin. La boue, la pluie.

Le triste a, enfin, trouvé la clef de sa porte. Au milieu de l'eau, il descend le petit perron et silencieux avance pétrifié vers l'Auguste étalé par terre.

— …'tain…, il commence sans pleurs, t'l'as pas raté, c'fois…

— Où, est, Barnum, redemande Johnny.

— … pas là… …'tain…, t'l'as pas raté…

— C'était ton pote, enterre-le. Puisque vous vous aimez tous les uns les autres, bande de malades.

— … c'tait mon collègue…, soupire le clown. … mon associé… … mais mon pote, non…

— Où est Barnum, redit Johnny, plus fermement.

— 'sais pas ! T'vas tous les tuer, salaud ! Tu vas tous les tuer…

— Pas tous, non. Seulement ceux qui se mettront en travers de ma route. Je veux Barnum.

— Ça y est, il l'a trouvé, fait le clown en improvisant des gestes de prière vagues : catholique, protestant, adventice… Il était quoi l'Auguste ? il demande machinalement.

— Il a trouvé quoi ? demande Johnny.

— Le grand truc, refait le clown. Le grand « truc turc », ou le grand « turc truc », je sais plus.

Le triste en arrive aux prières bouddhistes ou hindoues, iroquoises ? Mais décidément il n'y connaît rien et se met à ululer bassement, comme un indien, les mains jointes puis levées, les doigts ouverts, joints puis croisés, un peu au hasard, très haut au-dessus de l'Auguste qui git toujours dans la boue, la plaie saignant de plus en plus abondamment alentour.

La boue se macule de sang et des rigoles fuient vers les roues de la carriole au milieu de la pluie redevenue battante.

— C'est quoi encore, ce truc ? demande Johnny un brin agacé par l'ambiance.

— Un truc qu'il a trouvé dans le désert jadis, 'même moment qu'il t'avait dégoté tes guibolles, dit le clown entre deux marmonnements.

Ses Salamalecs sont définitivement ridicules, mais imperturbable il les poursuit comme d'une impérieuse nécessité.

— Il bosse, Barnum, f'pas croire. Là, il a trouvé c'qu'y voulait d'puis presqu'toujours : une grande porte.

— Une grande porte ?

— Oui. La grande porte, coco. Celle qui t'fais passer dans l'au-d'là et ailleurs, pi r'venir, pi aller où qu'tu veux.

— Son « truc turc » ?

— Ouais, qu'le première elle est à Istanbul, qu'dit Barnum. Mais elle est cassée, ou vieille, marche plus quoi. La... « Sublime Porte », qu'il a dit.

— Où est-il ?

— Ben, parti, sourit sans méchanceté le clown tout à ses dernières recommandations funestes : cette fois de petits sautillements sur place, les pieds joints dans la boue, du shinto ou du tao il ne sait plus bien.

— Allez, le triste, fais un effort. Parti, c'est pas une réponse !

— 'L'est dans les miroirs, c'tout con.

Sautillant toujours, il pointe une grosse goutte d'eau sur un battant de fenêtre et désigne ses reflets qui irisent la lueur diaphane des phares passants.

— Le Monde, qu'y dit, est comme une putain d'pièce. Face c'est nous, c'est toi, cette chienne de vie et toutes ces conneries. Pile, c'est la mort et toutes ses saloperies de démons, collés cul à cul comme l'antimatière. Les miroirs, mec, ç'sert à ça : ç'fait voir la vie à l'envers.

— Qu'est-ce que tu délires ?

— C'pas des conneries, c'très sérieux, qu'dit Barnum ! La mort c'pas qu'tu vois dans l'trou comme l'autre-là, c'pas l'enfer, c'pas l'paradis, c'l'miroir. Les, miroirs. Tous l'reflets d'c'putain d'monde !

Johnny observe une goutte de pluie, placidement posée au sommet de sa canne : il regarde le reflet de la carriole derrière lui, le clown toujours penché sur l'Auguste qui poursuit ses oraisons maintenant silencieuses, jusqu'au perron de la caravane d'à côté et sa roue arrière.

— Tu veux me faire croire que les morts vont là ? Dans le reflet que produisent les choses ici, comme un monde à l'envers ?

— Ouais, mec, 'p'pas mieux dire. Barnum il a chopé sa grande porte, 'sait comment y'aller main'nant. Alors y s'en fout un peu d'toi, t'comprends ?

— C'est où, la grande porte ? demande Johnny.

— Un truc turc ! balance encore le triste. C'qui m'a dit.

— C'est où ?

— Truc turc ! Truc turc ! Truc turc ! crie le triste comme aspiré dans un délire. Ce faisant, il continue à s'accrocher à toutes ses prières et simagrées, cette fois pour lui-même. Johnny le regarde qui délire pour de bon, de peur et de vie épargnée.

Johnny le frappe violemment au tympan gauche et l'assomme.

Johnny s'éloigne et remonte sur l'Oxbridge pour observer pendant un moment l'alentour, regarde une dernière fois les deux clowns allongés en croix comme deux homosexuels refoulés au milieu des caravanes sous la pluie.

21
Les seconds couteaux

— Le Leggy est grand ! Le Leggy est beau… Le Leggy ceci, le Leggy cela ! … Putains de feuilles de chou !

— Il ne faut pas vous énerver pour si peu, Patron, c'est qu'des racontars, tout ça…

— Des racontars… Des racontars ! Et comment des racontars pourraient-ils mettre la flicaille sur la piste de notre petit trafic dans l'Oregon, imbécile ?

— 'L'a sa signature en première page d'tous les journaux, l'enculé !

— D'la merde, oui !

— Le type qui se fait passer pour un super abruti aura eu des infos que les baveux se seront empressés de colporter, c'est tout…

— C'est sûrement un baveux lui-même, Patron. Vous savez, un de ces types qui raconte qu'il a vu quelqu'un qu'était là, histoire d'appâter toute sa clique, alors que c'était lui qui était là.

— Vous voulez dire, comme Clark Kent, ou Ray Parker ? Un de ces connards de journalistes qui tirent les ficelles pour se faire mousser ?

— C'est le plus logique, Patron. On n'a jamais vu un de ces empaffés de scribouillards signer eux-mêmes leurs forfaits. Et pourtant, quand ils magouillent ils embarquent toujours le pauvre monde des affaires avec eux.

— Un journaliste… Notre homme, serait un simple, putain ! de journaliste… Et pourquoi pas après tout ?

— Il est au courant de trop de choses pour être un simple justicier masqué qui se serait découvert une vocation…

— Il est trop souvent là quand ça dérange, Patron…

— Et il laisse toujours sa carte de visite, Patron. C'est pas normal, ça, un quidam qui signe partout ce qu'il a fait.

— C'est vrai : n'importe quel con ferait tout pour se faire oublier…

— La presse l'encense, mais c'est pour mieux le planquer.

— Si vous le dites, je m'en fous moi ! Tout ce que je veux c'est que ce connard se taise une bonne fois pour toutes ! Amenez-moi un de ses petits copains !

— En v'là justement un Patron. On l'a ramassé hier soir, après l'incendie du Plazza… Ça glanait de l'info, pour faire genre…

On amène une chiffe pleurarde et tremblotante qui s'écroule au milieu du hangar et se répand en supplications.

— Ta gueule, le journaleux ! Si tu connais ton boulot, t'sais c'qui t'attend.

— Pitié ! Pitié ! J'vous jure que je dirai rien ! Je sais même pas qui vous êtes !

— Vous l'avez bien préparé au moins ?

— Tout c'qu'y a d'préparé, Patron. Voyez, y tient même plus d'bout.

— Parle, loquedu !

— de… de quoi ?

— Le Leggy, tu connais ?

— … non…

— Et ta sœur ! Parles, abruti, ou on te retrouvera même pas !

Pitié ! Pitié ! Qu'est-ce que vous voulez savoir ?

— Le Leggy…

— Le Leggy, le Leggy… C'est un barge qui se fait passer pour un justicier dans les rues… On l'a vu un peu partout, il est d'tous les coups ou presque, mais j'sais pas plus…

— Menteur. C'est un d'tes putains d'collègues.

— NON ! J'le jure ! J'sais rien, de c'que c'est ! J'l'ai jamais vu ! En vrai, j'l'ai jamais vu ! J'connais qu'sa signature sur les scènes de crime !

— C'est un d'tes putains de collègues et tu vas nous dire lequel que c'est, d'accord ?

— Pitié ! J'vous en prie, j'sais pas…

— Ta gueule, bonhomme. Compris ? Ta… gueule.

Il lui applique sa main comme un battoir sur la bouche, à broyer sa mâchoire.

— Dis qui c'est, ducon.

— Dis qui c'est… Dis qui c'est.

Le journaliste a les yeux emplis de larmes et se remet à trembler comme une feuille.

— Y dira rien, c'te putain d'code d'honneur des journaleux.

— Y sait pas.

— Y sait comme tous les autres, mais y croit qu'on va venir le sauver.

— Ah ouais ? fait le boss.

Il colle son flingue sur le crâne de la pauvre pomme et fait une vilaine grimace.

BLAM !

— Putain, et maintenant il est où le Leggy, hein ? 'Vient pas au secours d'la veuve et d'l'orphelin, le Leggy !

Les gros bras reculent et contemplent la flaque rouge s'étaler sur le béton gris.

— Putain ! T'es où, Johnny Leggy ! hurle le chef.

Mais la nuit et son silence s'en foutent, de la colère des mafieux.

— Aaah, ces conneries me sèchent la queue, fait le petit gros.

Il souffle, se lève et suivi de deux gros bras il prend la porte du hangar.

— Papa ! il gueule vers le grand et gros qui s'essuie les mains en rendant son flingue au gros bras qui lui tend une serviette. N'l'aura pas c'soir, cette p'tite salope ! F'rait mieux d'aller prendre un verre en ville et d'faire le point. Le vieux clodo rapporte, j'suis d'accord mais y nous coûte aussi pas mal ! Moi, j'ai besoin d'me vider les couilles ! Y a les nouvelles filles à la boîte, tu m'rejoins quand t'auras fini ?

— T'as raison, fils, fait le gros. Les gars, vous me nettoyez ça : j'ai à voir dans mon bureau.

La boîte italienne, les putes en fourrures, les videurs au bar. Ça rigole entre ritals, blagues siciliennes. Attention la Mama.

Le petit gros va pour se dégorger le poireau, avise sa pute préférée et se glisse après elle dans les chiottes.

Il roucoule déjà, le pantalon sur les pieds et tout occupé plus haut, quand un venteau d'aération tombe du plafond sur sa cabine.

Il lance de grands yeux ahuris au ciel. Une main immense le saisit à la cravate et il s'envole dans un grognement porcin. La fille debout devant lui veut crier mais il gesticule tellement qu'il la frappe en pleine tête d'un coup de mocassin.

Tiré comme un goret sur plusieurs mètres de canalisations, il atterrit dans une benne à ordures. Le lacet qu'il a autour du cou raidit encore et il est violemment projeté sur la paroi de la benne. Le lacet tire, tire et sa tête est forcée de se plaquer sur la plaque métallique et dégueulasse. Il bave et saigne, et bave, ses poings déchirés sur le lacet qui va finir par le faire crever d'asphyxie.

Assis tout en face de la benne, monté sur le toit d'une limo, un très beau masque vénitien le contemple, une canne à pêche pour requins à la main.

— Comme tu vois, j'ai sorti le matériel, fait Johnny tout sourire.

Le petit gros essaie de reprendre son souffle, déglutit et cherche autour de lui, la figure toujours écrasée sur la benne, la corde à piano lui cisaille les mains.

— 'tain… … t'es… t'es l'con qu'a sauvé la fille…

Tout de go :

— Je parle pas avec les gens comme toi. Où est Barnum ?

— Barnum… ah… ah… z'êtes plus en très bons termes, à c'qu'a dit.

Il essaie de rigoler avec sa gorge lacérée, et rote. Peut-être qu'il vomit un peu aussi, on ne voit pas bien dans cette demi-obscurité, mais cela fait sourire Johnny malgré lui.

— Justement. Je suis venu pour régler mes comptes. Tu connais ça, les comptes. Dette d'honneur mec, affaire d'hommes.

— … ouais… … t'fatigue pas, t'as jamais causé comme un vrai italien… Les deux frères y te connaissent, 'nous z'ont dit.

— Où est Barnum ?

— Les frères y… sont de la tante à ma grand-ma…, qu'on les accueille… toujours quand y passent… Barnum ? … j'sais pas… 'demande-leur…

— J'ai bien peur que ce ne soit pas suffisant…, murmure Johnny en faisant rouler son tourniquet. La corde à piano grince et les doigts du petit gros sont pris avec son cou sanguinolent. Il couine à bout de souffle.

— 'tain… 'tain !… j'sais pas… jure… j'sais pas… j'déteste sa caravane de merde… 'tain d'gitans…

— Le gitan, oui, Barnum, fait Johnny mécaniquement.

Au désert il aurait fait un très mauvais interrogateur, alors finalement écœuré Johnny ferme ses esgourdes, et veut juste sa réponse : l'est où ?

Le petit gros couine, hors d'haleine se tait et paraît tourner de l'œil. Johnny le rapproche de lui en tirant sur la corde, desserre fermement et le gifle.

— L'est où, mec, putain !

— … les… frères…, geint le petit gros.

— Oui, les frères, où les frères ?

— Chez la Mama… une tante de la grand-mère à sa sœur…

— La Mama, les frères, les Barnum… Arrête de te foutre de moi !

Il a jeté sa canne par-dessus une barre à linge assez haut dans la petite arrière-rue, et tire maintenant sur la corde à piano de tout son poids. Le petit gros gigote sur la benne en cherchant à s'accrocher jusque par la pointe de ses chaussures et ses yeux manquent de sortir de sa tête quand Johnny arrête de tirer sur la corde.

Au milieu des râles, il couine :

— ... de... D'main soir à l'Hollyday-Inn ! se finit dans un sifflet.

***

Maintenant : à nous deux Josh.

Il a bien réussi, le gredin, qui tient à présent un immeuble en plein cœur de la 13e avenue. Manifestement, Barnum a tenu ses promesses en le récompensant des milles et des cents qui lui apportent pignon sur rue, comme on dit, pour un nouveau promoteur de spectacles et de mondanités. Qu'a-t-il fait de tous les biens volés ? Probablement déjà revendus.

Johnny s'en moque bien, c'est cette fois la vérité qu'il vient chercher. En y réfléchissant bien, ça a toujours été la vérité. Et si Josh est un traître, Johnny sait aussi que c'est un lâche, un pleutre, un faible qui lui dira enfin ce qu'il veut savoir sur son véritable ennemi. Barnum se croit supérieur au monde et ses espoirs, il ne voit même pas la menace comme une réalité qui peut le toucher : plutôt comme un nouvel insecte qu'il va disséquer. Mais si Johnny veut la justice : il lui faut d'abord la vérité, en cela il ne veut plus renier ni Bernard, ni Fox, ni Bella ni personne.

— Pourquoi, Josh ? Pourquoi ?

— Ce sont les affaires mon vieux, tu comprends ?

— Non. Pas du tout. Tu es devenu amoral. Tu servais un être immoral, et tu as trahi notre amitié. Pourquoi ?

Johnny était meilleur en philosophie qu'en droit, se souvient Josh. Meilleur que lui aussi.

— Eh…, fait Josh à court d'arguments : les affaires, j'te dis. C'est tout. Rien de personnel. Faut savoir faire la différence, si tu veux réussir.

— Alors tu peux écraser la gueule de qui que ce soit, sans que ce soit jamais personnel ?

— Désolé, mon vieux. Je ne savais pas que tu en souffrirais autant.

— Et c'est tout ?

— … Que veux-tu de plus ? Je suis désolé. Tu ne veux pas d'argent, tout de même ? Allons mon vieux, je sais bien que tu es au-dessus de tout ça.

Pauvre type. Johnny a beaucoup d'affection pour lui, pourtant. Son visage, comme un lui en moins fort, moins grand.

— Tu dois réparer tes conneries.

— Quelles conneries ?

— Tu dois empêcher l'autre de nuire !

— Et comment je ferais ça ? Ce n'est pas n'importe qui, tu sais ? Ce n'est pas seulement un gros avec un cirque minable et une bande de ploucs… Ce gars-là, mon vieux, tu ne sais pas à qui tu as affaire. C'est presque le Diable…

— Presque. Et tu vas m'aider à le renvoyer en Enfer.

— Mais pourquoi ?

— Parce que !

La colère emporte Johnny et il attrape Josh pour le balancer par-dessus son bureau, dans son grand fauteuil de petit patron.

— Arrête, mec ! Ça ne changera rien ! Casse-moi la gueule si ça peut te soulager, mais ce qui est fait est fait !

— Dis-moi comment je peux le planter !

— Aucune chance !

Les coups partent. Pendant un long moment Johnny interroge son ancien meilleur ami : presque un « interrogatoire du Golfe », déjà un autre, se dit Johnny.

Johnny cogne, et cogne, parfois juste pour se soulager de toute cette colère, toutes ces emmerdes dans lesquelles il l'a foutu. Très vite, Josh crache, de la bile et du sang et tout ce que Johnny attend tandis qu'il s'est mis à cogner sans plus écouter.

— Arrête, mec ! ARRÊTE ! C'est bon… T'as gagné ! Barnum, ce sale con fait dans la magie noire !

Johnny reste con : « La quoi ? »

— La magie noire, mec… Et je te prie de croire que c'est pas des conneries…

— Qu'est-ce que tu déconnes encore ?

— Vrai de vrai mec !

Josh se protège le visage avec son bras lui aussi tuméfié.

— Vrai de vrai…

— Vrai de vrai : quoi ? Qu'est-ce que ça veut dire ça : il fait de la magie noire ?

— Il en fait… Je veux dire, pour de vrai… Même qu'au début je trouvais ça bizarre toutes ses messes basses avec sa bande de monstres… Ils volent des documents secrets, des œuvres d'art très particulières, ils ont même buté un agent de la CIA une fois ! La CIA, putain !… La CIA…

— Continue…

— Comme je trouvais ça bizarre toutes ces conneries, un jour j'ai voulu en savoir plus, vu que ce salaud me mettait jamais dans les vraies confidences. Tu parles, j'étais surtout bon à cracher tout le pognon oui, y se contentait de me promettre toujours plus de bénéfices, mais y m'expliquait jamais comment…

— Et tu t'es laissé berner pendant longtemps !

— Oh ça a marché, à la fin… Regarde aujourd'hui où j'en suis : c'est pas mal.

De son œil saignant, Josh contemple autour de lui le petit business, son grand bureau, tous ses dossiers, la baie vitrée.

— On s'en fout de ta véranda sur Central Park et de tes poules à vison ! Barnum, qu'est-ce qu'il fout avec de la magie noire ?

— Comme je disais : un jour, j'ai demandé à en savoir plus. Ça avait assez duré, et l'argent il était pas encore rentré. Je les ai tous trouvés en train de se branler autour d'un cercle dessiné à la craie, et avec eux il y avait aussi tout un paquet de mecs pas nets.

— Dans le genre ?

Il couine affalé de travers dans son grand fauteuil.

— Dans le genre grosses huiles : si tu vois ce que je veux dire. Des types que des gars comme toi ou moi on pourrait même pas inviter en rêve. Barnum est fiché, tu comprends. Ce gars-là, il marotte pour tous les plus grands enfoirés de la planète, derrière son cirque miteux et sa bande de tordus. Il répond à des appels d'offres : un tableau par ci, des autographes nazis par là…

— Et quel rapport avec ta putain de magie noire ?

— Rien… Tout. La magie noire, mec, la vraie je veux dire, pour le peu que j'en sais c'est le pouvoir. Tu comprends ? Le Pouvoir.

— Non, aucune idée.

— Les grands de ce monde, les grands des grands je veux dire en font tous. Ils forment des sociétés secrètes, des clans, ils se réunissent entre eux comme des enfoirés et ils écrivent l'Histoire à leur guise. Dans les années 30 puis les années 40, et même juste après la guerre il y avait des tonnes de documents qui traînaient sur les Forces occultes qui s'entendaient à dominer le monde à coup de guerres et de contrats d'armement. Tout ce monde-là vit dans des traditions millénaires : les Égyptiens, les Romains, ces putains de Grecs aussi, et les Sumériens, les Incas même est-ce que je sais moi ? Tous leurs trucs, leurs petites manies, leurs codes de reconnaissance, ils se les transmettent dans des cérémonies qu'ont rien à voir avec les messes du pasteur. C'est un autre monde, je te dis, un monde qui domine sans jamais se montrer, et qui est capable de tout. Des types comme Barnum sont des fers de lance : ils sont glauques et interlopes, ils ont des amis bizarres et peuvent rendre beaucoup, beaucoup de services… Suffit de payer.

— Et toi c'est pareil, il t'a payé pour accepter tout ça ?

— Évidemment mec, qu'est-ce que tu crois ? Qui tu connais qui cracherait sur autant de fric, hein ? Tout le monde est comme ça, me fais pas marrer avec tes airs de justicier à la con ! Même tes guiboles, pauv' pomme, d'où tu crois qu'elles sortent ? Des contrats d'armement, mec, tu comprends ?

— Bon, et comment je chope Barnum maintenant ?

— Mais pourquoi tu veux le choper, d'abord ? Je te l'ai dit, ce type-là est infiniment plus fort que toi. Il a une armée de monstres pour te tomber sur le rabe avant même que t'aie bougé une oreille !

— Il a choisi le mauvais gars. Il ne fallait pas me prendre pour un con. Ni briser notre amitié…

— Mec, si y a que ça : sache que c'est oublié ! C'est pardonné, envolé, zou ! Je t'en veux pas et tu m'en veux pas, c'est cool…

— La ferme, pauvre imbécile ! Tu ne comprends donc rien ?

— Quoi ? Qu'est-ce que tu veux que je comprenne ? Que t'as jamais supporté de revenir estropié de la guerre et que t'aimes pas qu'on se foute de toi ?

— On ne peut pas laisser Barnum continuer à agir ainsi. Le monde ira droit dans le mur avec un salaud pareil !

— Alors va ! Va, va lui donner la fessée au méchant ! Vas montrer qu't'es un héros, un vrai ! Mais compte pas sur moi pour te secourir encore…

— Tu ne m'as jamais aidé…

— J'ai jamais su comment…

Une autre grande gifle. Josh est projeté dans son fauteuil. Dans une vilaine grimace, il tâte ses dents avec sa langue, ne peut retenir son crachat vers la poubelle. Il lui manque comme une dent.

— C'est quoi l'Hollyday Inn ? intime Johnny.

— … une boîte sur Pico. Un point de rendez-vous avec Barnum, avant.

— Avant ?

— Quand ça tournait par ici. Barnum est mobile, t'a vécu avec eux : tu vois le genre. Les ritals font les commissions, souvent. Depuis ton départ, j'ai pris mes distances. Barnum m'envoie des chèques, quelques fois.

Johnny regarde son ami et n'a même plus envie de le gifler : un océan les sépare, ils se sont si bien connus.

— J'voulais pas ça, Johnny, commence Josh.

Mais Johnny sort et abandonne Josh avec sa face sanguinolente.

***

L'Holliday Hall Inn. Une boîte branchée dans le centre. Tout sauf l'endroit où trouver Barnum, se dit Johnny.

Johnny avise une sortie dérobée, toute à l'opposé de la grande rue. Il se glisse sans mal, et arrive par le fond de la grande salle.

Des filles passent devant lui en rigolant : son long manteau pour cacher ses jambes à ressorts lui donne un air d'exhibo' qui a pris froid. Il a laissé son heaume à grelots et son masque sur une corniche avant d'entrer, pour paraître plus naturel.

Il tourne un peu en rond, entre la musique disco trop forte et les allées et venues des clients au bar, une plateforme surplombe la piste et dans les flashs de lumière il distingue les tables et des groupes épars assis, des rires de filles, des éclats de voix plus gras, masculins. Mais il aperçoit vite ce qu'il est venu chercher. À une table en train de rire avec des filles, les deux frères Riccinelli l'ont déjà repéré, et se moquent ouvertement de lui.

Par-dessus le brouaha, il accroche certains mots : « … air con… », « … le manteau du mouton… » Son cerveau fait le travail.

— Le petit Johnny ! lui tape dans le dos Bobby Boom Boom qui vient d'apparaître un grand verre à la main, presque à le faire sursauter. T'étais perdu, mec ? On t'cher'hait ! il gueule encore dans l'oreille de Johnny par-dessus la musique. 'Prends pas la tête, on est hors service ! il fait, et il attire Johnny presque sympathiquement vers la table des frères Riccinelli.

— Li pitit Yohnnyyy…, commence un des frères en forçant son accent rital. T'nous as manqués, pitit Yohnnyyy…

— Viens t'asseoir, dit l'autre plus simplement, mais glacial : on est entre grandes personnes.

Ils font de la place autour d'eux et dégagent sans ménagement deux filles qui occupaient la banquette.

— Maqué ! Lcs pouffes, dehors ! On va causer avec notre amiii… Revenez plus taaard…

L'une d'elles paraît grogner et tandis que l'autre la suit un de frères s'éloigne en leur glissant des mots à l'oreille.

— Alors, Johnny ? fait Boom Boom. T'étais passé où ?

Le frère revient et tous trois se serrent autour de Johnny dans l'ambiance feutrée et assourdissante de la boîte.

— Tu nous as manqués, p'tit Yohnny…, soupire un frère en lui tendant un grand verre plein d'une mixture verte.

— Bois pas ça, commence à rigoler Boom Boom : c'est fort.

— Pour toi mon ami, fait le frère. À notre amitié éternelle dans le cirque.

— C'est quoi ? demande Johnny en commençant de lever son verre.

— Aux vrais frères, mon amiii, refait le frère, et tous trois s'envoient cul sec la même chose dans leurs verres respectifs.

Johnny les regarde boire et sourire insouciamment, immobilisé sur son verre.

— Allez, Johnny ! fait Boom Boom, t'crois pas qu'c'est l'endroit d'empoisonner un copain ? À ta santé !

Le frère à gauche se renvoie dans sa banquette, d'un signe de suprême détente.

— 'N'est entre nous, il fait. Barnum 'l'est pas là.

Tous trois rigolent de bon cœur, une connivence de troupe que Johnny se rappelle avoir bien connue dans l'armée.

— 'L'est où ? il fait en avalant à son tour le verre cul sec.

— Aaah… T'es un bon gars, toi Yohnny… Avec les copains on s'est dit, vu qu't'étais dur à choper, qu'si tu r'venais d'toi-même on t'laisserait couler, pas de vague, just'l'temps dire bonjour, comme c'con d'clown.

— On t'aimait bien, Johnny, ajoute Boom Boom. Les filles nous ont dit, pour ce connard d'Auguste. 'L'a u son compte, c'taré. 'T'l'as bien corrigé !

— Alors c'est cool ? fait Johnny dans un rictus en coin.

— C'est cool, font Boom Boom et un des frères. L'autre ajoute : cool…

Ils éclatent de rire tous trois, franchement éméchés.

— Où est Barnum ? demande Johnny.

— 'Sais pas, refait un des frères.

— 'Sais pas…, fait l'autre avec un air mauvais, malgré lui.

— Pas là ! sourit Boom Boom.

— Alors, où ? insiste sèchement Johnny.

— Yohnny… Yohnny… Tu nous casses l'ambiance, là…, et il se détourne l'air de reluquer une fille à la table d'à côté.

— 'L'aime pas l'souk branché, fait l'autre l'air de s'ennuyer.

— Je ne partirai pas sans savoir où le trouver, poursuit Johnny au milieu de la boîte, comme armé d'une mission absurde.

— Johnny… Johnny… Détends-toi, insiste Boom Boom, reprend un verre tiens, c'pour moi.

Quand le frère qui s'était détourné pour regarder les filles quitte la salle et part vers les toilettes. Johnny se lève et le suit, sans plus prêter attention aux deux autres.

— Tsss…, fait le frère, il fait chier, et tous deux se lèvent et partent à la suite de Johnny sur les pas du premier.

Les quatre se retrouvent dans les toilettes. Le premier frère entré est en train de pisser son litre tandis Boom Boom s'installe nonchalamment sur le trône, et se met à pousser bruyamment. Le second frère se lave les mains.

— Alors, t'veux quoi, Yohnny Yohnny ?

— Barnum, les gars. 'L'est où ?

De derrière une porte :

— Pas là, qu'on t'a dit.

— C'est Maîtreuuuh Barnum, fait celui en train de pisser qui s'amuse à couvrir tout le baquet de sa giclée. Ce rital est un vrai chameau.

— Y nous dit pas toujours c'qu'y veut…

— Mais si tu le cherches, tu le trouves, refait le premier.

— Mais encore ?

— On lui dira qu't'es passé lui souhaiter la v'nue.

— Ça suffira pas, rétorque Johnny les poings fermés.

— Eh, t'vas faire quoi, Yohnny Yohnny ? t'veux tout casser, ç'ça ?

Ils se marrent tous les trois tandis qu'entrent deux types, hésitent, puis ressortent tout de suite.

— 'N'est pas prêt d't'laisser lui mettre la pâtée, au Maître. 'S'est emporté contre toi, et t'as eu la meilleure attitude : t'barrer.

— Et l'inspecteur ?

— On n'est pas des enfants d'chœur, p'tit Yohnny…

— Pi t'as eu l'aut' con… d'Auguste…, pousse Boom Boom de derrière sa porte.

— Où devez-vous le retrouver, la prochaine fois ?

— Au cirque, fait le frère avec nonchalance se lavant les mains. Comme à l'u… sine ! il couine.

— Au cirque, reprend le second, et il tire une grande canne de son pantalon, jusque-là parfaitement moulée sur sa cuisse.

Johnny demeure immobile au centre de la salle.

Les toilettes de Boom Boom exhalent une odeur absolument nauséabonde, et il en sort parfaitement classieux, retroussant ses bras de chemise. Des poings américains brillent à ses mains comme des serres.

— Dis-moi Johnny, il fait, tu crois qu'Barnum il t'a laissé le monopole des jolis gadgets ?

— Eh…, glousse le frère qui est reparti à pisser en posant sa canne sur les toilettes.

Nous aussi on a nos p'tites astuces, mais on se vante pas…

— On n'a pas d'layettes aussi jolies, mais on a nos p'tits démons, s'exclame Boom Boom en cinglant l'air artistiquement avec sa canne. Moi j'aime le feu, coco. Alors ce jouet-là, il roussit les moustaches.

La chasse de ses toilettes tourne encore et semble dégorger. Le frère pouffe pendant que l'autre s'étire en long et en large.

— Faudra v'nir au cirque, coco, fait le premier frère.

— Les couteaux, c'pas la peine, rigole le second en se passant sa lame entre les dents.

22
La parade

Mars approche déjà et les jours rallongent. Le soleil brille avec chaleur entre deux nuages encore frais.

Pour son arrivée en ville, Barnum a décrété une parade improvisée : chars tonitruants, fumigènes, canons à bulles, fusées d'artifices, qui progressent par les rues sous les regards d'abord arrêtés, surpris, effarés, puis extasiés de joie. Enfants, parents, petits et grands s'amassent dans un gigantesque mouvement de foule qui va pour déborder les banlieues vers le CBD, aspirant les flux habituels de la mégapole, et partout l'air s'emplit de cotillons, de pétales, de fumées, de bulles, d'une odeur entêtante de barbapapa. Par-dessus la foule, des chars des hôtesses sexy saluent.

Barnum trône en tête du cortège avec sa cohorte de fidèles, parmi les plus étonnantes créatures que la Nature ait créées. Des lianes disposées entre les chars permettent aux spécimens vivants de se lancer d'une voiture à l'autre, d'un public à l'autre. Fil de Fer est monté sur des échasses incroyables et parcourt tous les environs de la parade, remontant la colonne, s'éloignant comme une faucheuse géante parmi la foule extasiée à son passage, attrapant de grands sacs disposés en haut des réverbères, y tirant des bonbons, des peluches qu'il lance à l'assistance avant de repartir comme un bon géant par-dessus les cous repliés des passants hébétés.

Les sœurs Mantes miment une chasse à l'Amazone entre les véhicules tandis que les Frères Riccinelli les manquent avec leurs couteaux. Des ballons explosent encore et projettent des fumées vertes, violettes, jaune safran, sur la foule qui par moments s'écarte vivement.

Personne ne l'aperçoit vraiment, mais sous la tenture du chapiteau improvisé en jupe : Hilly secoue placidement un vaste bac d'eau tiède où Casse-Noisette et Boucle d'Or rejouent le Déluge des Pygmées : de petites ruines de l'Atlantide en polystyrène, ballotées par le floc trépidant de l'eau. Sur la verdure champêtre de son pelage, des vagues de pâquerettes s'envolent qui labourent les passants aux yeux, des colonnes grecques tremblent et chutent, la petite cabane des nouveaux Adam et Ève résiste à la colère de la Déesse Terre qui reçoit une grande idole en chocolat sur un autel élevé au sommet de la colline. De la fumée, de la vapeur ? l'haleine dorsale de Hilly respire l'idole et la fait danser sur une canne qui résiste à tous les soubresauts.

Bobby Boom Boom lance des fusées. Depuis son char équipé en tour de lancement multicolore il lance de grands cris de sirènes avant d'envoyer des engins vers la Lune et les planètes : Moon Express, Mars Express, Star Express, trois grosses ogives chromées qui décollent dans un hurlement terrible puis réapparaissent comme autant de missiles, des ballons atmosphériques qui s'enflamment et disparaissent dans le lointain. Tout autour du char, d'autres cônes de chrome magnifiques crachent de petites flammes puis sifflent et évaporent un gaz tantôt rose tantôt verdâtre. Très très loin, des explosions roses surgissent dans le ciel et l'on voit des retombées en étoiles jaunes, vertes, bleues, rouges. Des myriades d'éclats reviennent et ce sont des bonshommes de shamallow, petits bibendums parachutistes, qui descendent sur la foule comme en rappel.

Vers dix heures, toute la circulation est déjà interrompue en centre-ville devant cette traversée gigantesque et imprévue. La police se mobilise d'abord, préparée à faire cesser une exhibition aussi spontanée qu'illégale, mais elle est très vite débordée par la foule qui se masse toujours plus nombreuse dans les rues, les boulevards désormais piétons. Le débordement est tel que bientôt plus personne ne coordonne personne dans les services de police. Les unités de quartier se retrouvent isolées les unes des autres par les passants et les chars qui passent à portée, les arrosant de fumées, de pétales de fleurs. Des succubes sexy improvisent des lavomatic aguicheurs sur les véhicules de police immobilisés. De petits happenings se forment, des nains embraillent qui grimpent sur les capots, volent une casquette de policier, proposent de la vendre aux enchères. Un frère Riccinelli arrive qui prend la défense de l'agent, de son collègue resté en retrait dans la voiture, fait libérer le passage aux badauds, puis fait le mort de générosité devant le véhicule, supplie qu'on le ramène au pays.

Toutes ces petites comédies envoient les malandrins et les spectateurs du même côté de ces scènes de rues, les policiers tentent de se replier, attendent dans leurs voitures, voient les ambulances arriver puis s'empêtrer tout comme eux dans la foule et les amuseurs masqués qui reproduisent ailleurs les mêmes scènes, le même désordre dans une atmosphère hystérique.

Comme sur un nuage, cela dure. Les fumées troublent les rues, troublent les vues, et Johnny se retrouve à errer dans un grand brouillard parmi des groupes de badauds de plus en plus isolés.

Au-devant, une musique indistincte appelle vers des lueurs troubles.

Johnny approche : les tentures immenses et béantes accueillent le curieux, des mannequins mécaniques, de vraies femmes beaucoup trop grimées ? des bras pliés aux mouvements répétitifs, des voix qui sont des ritournelles, à l'infini identiques.

Le Cirque s'ouvre sur la foule. Johnny entre à sa suite. Au milieu de la grand' scène, Barnum fait miroiter les éléphants qui flottent sur des bulles gigantesques. Les lumières explosent, littéralement, et les cris et la joie et les applaudissements, les jets de foudres retombent en paillettes multicolores, survolent la mêlée, brandissent de grandes arches dans le ciel toilé du dôme et bientôt celui-ci aussi scintille de myriades d'étoiles : une onde parcourt ce ciel puis les étoiles se lèvent, brillent plus fort, et envoient tout une faribole de constellations puis une galaxie, une voie lactée d'abord floue, brumeuse, puis son cœur plus lumineux que toute lumière.

De sa place, Johnny observe avec admiration ce grand œuvre, et sourit à toute cette féérie qui lui paraît si prodigieuse.

Les regards sont projetés à l'unisson vers cette Lumière, qui déborde sur les rebords du ciel et bientôt vient inonder les gradins.

L'instant se fige. Dans le silence, Johnny aperçoit comme un doigt d'enfant qui le désigne, lui, en retrait au bord de l'allée principale, la seule personne debout à part Barnum, immobile en position de Maître Loyal, son lion sur le côté, le fouet au repos.

La lumière revient à une intensité normale et Johnny attend le moment d'après, mais le silence dure. Ensemble, tous les visages de la foule se tournent vers Johnny, interrogateurs et vides.

Le silence, encore.

Johnny va pour reculer, mais il entend la voix d'enfant : « Là !… Là ! », et les visages de la foule le scrutent avec silence, pâles et fixes comme des lézards. Des visages sans traits, sans yeux : des visages. Rien que le doigt pointé de l'enfant pour le désigner.

Barnum appelle. Cérémonieux et superbe :

« Johnny ! Mon bon Johnny ! Te revoici, fils prodigue ! Tu manquais à tes frères et sœurs ! »

Johnny s'avance, mi-interloqué, mi-bravé.

— Joli spectacle, maître Barnum, nous aurons des choses à nous dire. Quand vous serez plus disposé.

— Mais je suis là, mon ami ! Et tous tes amis avec moi ! Tu es venu pour réclamer justice, il me semble. Eh bien, nous t'écoutons.

— Vous avez assassiné l'inspecteur Bernard, les gardiens du Guggenheim. Vous avez fait enlever et séquestrer la fille de l'inspecteur.

— Peuh ! Sais-tu pourquoi tu es ici, petit ?

— Je suis venu vous remettre aux flics, pour la faire simple.

— Regarde ces gens.

— Ces gens ?

— Ces gens… Tout autour ! Contemple cette foule de spectateurs une seconde.

Johnny se retourne et regarde la foule. Des corps : pourtant si vivants quand il est entré, à présent sans traits bien précis. Au hasard quelques visages : une femme et ses enfants, trois jeunes, un vieux couple et un garçonnet, des hommes d'âge moyen, une famille de douze personnes au premier rang. Johnny regarde tous ces visages et la même expression ouverte et immobile transparaît. Stupéfait, il saute alors d'un regard à l'autre et le même regard semble le fixer, qui le regarde, par mille visages, fixe et posé, comme arrêté sur un instant de concentration.

Johnny est pris d'un vertige. Avec délectation, Barnum le regarde qui chancelle et sourit vilainement en coin.

Au milieu du silence, et de la lumière, les acrobates, les écuyères, les nains, les singes descendent vers la scène et font cercle autour de Johnny et de Barnum.

— Bienvenue dans mon Monde, petit, déclare Barnum. Où crois-tu que tu es, hein ? Bonhomme…

— Dans votre putain de cirque de barjots, rage Johnny. Encore vos tours, pas vrai ? Celui-là : pas mal, je reconnais. Les fumées de tout à l'heure, c'est ça ? Vous droguez toute une foule, à présent ?

— Le Monde est un reflet, Johnny. Le reflet du Reflet. Regarde cette foule, Johnny. Elle ne te voit pas. Elle ne perçoit qu'un reflet de toi.

— Vous avez drogué tout le monde…

— Non, Johnny. Je les ai libérés.

— Libérés ? Libérés de quoi ?

— De l'instinct de vie, Johnny. La contemplation. Rien d'autre que la contemplation.

— Vous voulez dire qu'ils vous contemplent, là ?

— Eh bien, comme eux nous sommes tous chez le Maître.

— Le Maître ? Votre maître ? Qu'est-ce que c'est encore que ça ?

— Bienvenue dans l'anté-monde, mon p'tit Johnny. Le miroir du monde, où nous sommes les maîtres du monde.

— L'anté-monde ?

— Ce monde habituellement n'est que le reflet de l'autre. Mais on apprend beaucoup, à observer derrière les miroirs…

— Qu'avez-vous fait ?

— Nous sommes passés de l'autre côté. Nous sommes tous passés de l'autre côté.

— Vous voulez dire, en enfer ? Vous nous avez tous empoisonnés avec vos fumées, votre cohorte de dingues et votre cérémonie de fous ?

— Rassure-toi, mon bon Johnny ! La mort, c'est un truc qui n'est que rarement nécessaire… Inéluctable, aussi, mais Mère Nature ne fait les choses qu'à son rythme. Nous ne sommes pas des terroristes, nous n'avons pas de revendications tonitruantes. Ce monde bien merdique a ses petits avantages savoureux à qui sait ouvrir les vraies portes. Les péchés, mon bon Johnny, tu te souviens ?

— Vous êtes le plus grand pécheur par orgueil que je connaisse, opine Johnny.

— Oui… Que de choses sont possibles quand on peut tout voir par les infinis reflets du monde…

— OK, je crois que votre petit spectacle est fini : vous allez venir avec moi.

— Mais je t'en prie, mon bon Johnny, passe devant ! rigole Barnum.

Il bouscule paternellement Johnny à l'épaule, presqu'à l'en faire bondir de recul, et passe devant Johnny qui observe, tout autour, les acrobates et les bêtes et les monstres et la foule qui le regardent. Un œil immense partagé.

Barnum ouvre en grand la tenture du chapiteau, et fait entrer une lumière printanière qui subjugue Johnny.

À l'extérieur, c'est le printemps immense qui explose de gaieté par les rues et les avenues vides. Tout est à sa place, tantôt propre ou sale, ou désordonné, les tags sur les murs, les affiches criardes qui coulent de peinture, la poussière des rues, les poubelles abandonnées, mais tout est vide. Des voitures disparaissent soudain, réapparaissent ailleurs. Johnny contemple un monde vide de monde : seulement des échos épars de vie invisible.

— C'est beau, hein ? lui fait Barnum en rigolant.

— … On est où ? fait Johnny en bégayant presque.

— Évidemment, l'envers c'est toujours plus beau que l'endroit, 'fin c'est plus lumineux. Ç'fait ça quand c'est sombre, écho du reflet quoi. Dans les endroits que le p'tit monde considère perdus, les reflets des reflets sont plus rares, ya qu'Mère Nature pour refléter ses gouttes, alors tout est plus pur ici, plus libre. Tu comprends maintenant pourquoi nous exerçons notre représentation ici, dans la vraie Lumière !

— Qu'allez-vous faire ? Co… Comment on sort d'ici ?

— On ne peut pas, mon p'tit Johnny ! Ou alors… Il faut repasser la porte.

— Où elle est cette putain de porte ? Comment avez-vous fait pour faire passer tout le cirque dans une porte ?

— Le Rêve, mon bon Johnny ! Le Rêve… Et quelques artifices hallucinogènes, rassure-toi. Allez : des états modifiés de conscience, si tu veux, là.

— Combien de temps ça va faire effet ?

— Faut repasser la porte, j'te dis ! Mais dis-moi, allez, sans déconner… Tu ne t'es pas marré un p'tit peu, avec nous ? Alors tu viens nous refaire la leçon à tout le monde ?

— Comment nous avez-vous fait passer la porte ?

Johnny attrape la tenture du chapiteau, l'empoigne, tire dessus, la retourne, et la rejette nerveusement.

— Quand tous ces gens vont apprendre que vous les avez drogués pour votre spectacle, vous imaginez les conséquences que ça aura ?

— Peuh… Le kif total, mon p'tit Johnny. L'anté-monde, mon con, c'est la porte à côté. Un trou permanent dans le trou du trou. Ça me fatigue de te parler, tu sais ? Pour un type qui a fait des études, enfin… et en plus du droit ! tu n'es pas bien rapide… C'est même pas une question de temps ni de lieu, c'est la lumière et tous ses putains de jeu : l'ombre de la lumière, la lumière de l'ombre…

Johnny s'emporte.

— Comprends rien, désolé ! Comment avez-vous actionné cette putain de porte ?

— Tah… Allez, reviens au centre de la scène, bougre de con.

Johnny se replace au centre avec les monstres et la cantonade. Les regards impavides de la foule le contemplent silencieusement, comme arrêtés sur une infinité.

Barnum ouvre son grand manteau, le dos tourné à Johnny, découvrant sa large salopette rouge et ses énormes souliers jaunes.

Au sommet de la piste, la Lumière continue de tournoyer en étincelles par milliards, promises mais impossibles à suivre.

— Mes amis…, fait Barnum façon stantor. Nous recevons ce soir… Un proche, un aimé… Un petit con aussi ! bon Dieu qui nous l'envoyez c'est un coriace !… Ici, nous mesurons le fardeau de notre grandeur, et l'acclamons de nous rejoindre !

Barnum lance sa grande cape en l'air, et comme elle retombe il disparaît dessous.

Johnny bondit vers l'estrade et la voix de Barnum s'épand dans l'air : « Coucou, Johnny ! Coucou ! »

Le triste bondit comme un zigue devant Johnny, la canne de clown à la main. « Frappe-moi ! », il crie comme un gosse et saute sur lui-même en tendant les fesses.

— Dégage ! lui crie Johnny, et de la canne il soulève la cape étalée au sol avant de la rejeter. Elle tombe aux pieds d'un des frères Riccinelli qui brandit sa lame dans sa direction.

— Fais ton choix, Yohnny…, glousse son frère par-derrière. T'veux qu'on t'aime, ou pas ?

Johnny se retourne et embrasse la scène : la louve plantée telle une statue qui attend qu'on l'adore, les sœurs Mantes assises en tailleur comme deux petites hippies complètement défoncées, l'Otarie qui maintenant paraît un authentique lampadaire, fonte légèrement luisante, le géant… le géant dont le corps et l'ombre se prolongent sans rupture, l'immense solitude de la solitude ; le triste qui continue ses obscénités comme un débile, les frères par devant, par-derrière, les petits nains qui dansent comme des enfants invités en boîte.

— Où est Barnum ! explose Johnny.

Au sommet, la Lumière éclate, et Boom Boom atterrit sur la cape comme un gros chat qui n'oublie jamais le sport.

— Pas là, cocotte ! il rigole à Johnny, et lui balance un adroit estoc qui vient ébranler le plastron de Johnny.

— Alors, c'est ça ? riposte Johnny en lui rendant un croisé bas qui cingle la cuisse de Bobby et le couche à terre. Barnum ! Barnum ! il gueule et l'air paraît trembler avec lui qui emporte une onde. Un instant, les regards de la foule disparaissent dans un trouble lointain, et Boom Boom se redresse qui va pour mettre Johnny en garde.

— Laisse-le nous ! crie Bobby. Nous l'aimons ici, tu piges ?

— Ou alors, caaasseeeuu-toi…, reprend le frère Riccinelli qui vient planter d'un coup sec son couteau dans l'épaulette de Johnny.

Johnny fait sauter la lame de son rembourrage et frappe pleine tête Riccinelli qui se recroqueville au sol.

Boom Boom le frappe à son tour mais Johnny retourne, esquive, retourne, esquive, cingle, et projette Bobby à plusieurs mètres sur le sable de la piste.

Johnny se redresse quand le second frère le gratifie de deux coutelas dans la cuisse et le mollet. La lame fichée entre deux cylindres se brise net, mais celle reçue à la cuisse lui entaille finement la peau malgré le rembourrage.

Johnny bondit vers Riccinelli mais à l'instant où il le voit reculer un coup immense vient le plaquer par le travers.

Johnny roule, se rappelle l'accident de voiture : « Roule et encaisse, roule et encaisse… »

Barnum atterrit devant Johnny et le défie de la canne.

Johnny saute.

Un géant : un géant de bien trois mètres.

Quatre mètres et quelques.

— Quelle blague, fils ! il gueule à Johnny, en le gratifiant d'un second coup qui le projette dix mètres plus loin. On s'échine à te filer un toit, une famille ! un putain d'confort et toi tu trouves à faire le beau ?

Johnny a déjà roulé sur une tenture et bondit par des cordages.

— Eh ! rigole Barnum, tu vas encore t'en aller ? Mais tu ne peux pas, cette fois !

Johnny se rue sur lui. Il donne une telle force que le géant aux courtes pattes se déroule en arrière et envoie ses deux gros boudins de jambes en l'air. Sa projection lui apporte un créneau et Barnum balance sa canne aussi grosse qu'un mat de navire, de justesse Johnny l'évite et son épaulette gauche finit explosée dans toutes les directions.

Johnny s'est lové autour de la canne et plante ses talons dans le vaste front de Barnum dont les yeux éructent leurs gros globes vitreux d'alcoolique. Il se sert de son gros nez pour crocheter son pied droit et rend un second coup qui fait s'ouvrir dans un craquement le crâne de Barnum comme une coquille d'œuf, le blanc disparu sous le jaune mêlé de rouge.

Le sang gicle. Barnum lâche tout et envoie une immense gifle à Johnny avant de le balancer comme un fétu et de courir vers le centre du chapiteau.

Une grande corde en descend et il se précipite dessus.

Il grimpe et Johnny bondit comme un fauve à sa suite. La corde paraît une échelle invisible à Johnny qui la franchit en trois bonds.

L'alentour extérieur du sommet du chapiteau rend un printemps insolent de soleil, la ville parfaitement présente, vide de gens. Johnny voit que ce trou n'était pas centré sur le chapiteau : une autre proéminence, à quelques mètres, se perd dans une irisation étrange, où le rouge et le blanc et le bleu viennent se mélanger à la lumière, à l'éclat.

Johnny approche cette chose, et tout autour de lui paraît scintiller comme elle. Bientôt, il se retrouve dans une infinité de reflets, partout : lui, le dôme, la rue, le pont au-dessus, le ciel. Comme il bouge, l'alentour semble s'animer à l'envers de son propre mouvement.

Il chancelle d'abord, puis tente de rester immobile.

La lumière change. Les reflets multipliés semblent rebondir les uns sur les autres, et se renvoyer vers un cœur : une petite pièce cossue de père Noël, un bureau, des fauteuils, un âtre.

— Johnny… Johnny !

Comme un lâche, Barnum s'est caché dans les épaisseurs secrètes des miroirs. Toute la roulotte résonne de pas et de directions en regards divers, arrivent de nulle part et repartent à l'infini.

Johnny n'est pas effrayé. Mais Johnny est paumé. Où est ce vieux salaud ?

— Vous ne pourrez pas éternellement échapper à vos responsabilités. Vous avez trompé tout le monde. Et tout le monde vous demandera des comptes.

— Johnny… Comme tu joues bien ton rôle de fantoche pour une justice débile. Mais tu ne sais pas : on ne m'arrête pas !

— Et pourquoi ?

Johnny cherche dans les lumières éparpillées entre mille planchers, les pièces toujours dansantes en échos, miroirs les unes des autres, maintenant un loft aérien au sommet d'un immeuble, une villa sur la plage, un palais. Par instants, Johnny voit une ombre, une silhouette silencieuse qui l'instant d'après le fixe depuis un autre miroir. Elle…

— C'est heureux que tu viennes de toi-même ici comprendre ce que j'accomplis.

— Cessez votre petit jeu. Ou vous me verrez dans l'obligation de briser tous les miroirs.

— Cela serait si facile… Mais, sais-tu ? cela fait belle lurette que je me regarde en face. Je suis un super agent, Johnny ! J'obéis et je rends compte à des puissances supérieures…

— Le Diable, la Mort, toutes ces conneries…

— Non… Non ! Les vrais puissants de ce monde sont immortels, sais-tu bien ? L'Histoire, ton histoire mon petit Johnny, celle pour laquelle tu as perdu tes deux jambes d'idiot maladroit, n'est qu'une façade pour une tout autre réalité.

— Cela ne suffira pas, cette fois. Vous n'êtes qu'un petit marchand de cauchemars miteux, rien de plus.

— Je te dis que j'obéis à des ordres supérieurs ! Que crois-tu qu'il se passe, quand les essais racialistes d'un jeune évêque arrivent aux oreilles de quelque historien en mal de secrets d'oubliettes ? Je suis là, pour tout faire disparaître !

— S'il n'y avait que des écrits et des témoignages honteux du passé, de je ne sais quel connard empesé de pouvoir aujourd'hui… Mais vous volez aussi des biens communs, et pour cela vous n'êtes qu'un sale voleur.

— Dans le monde des puissants le bien côtoie le mal et inversement. Le pouvoir, c'est seulement une affaire de couilles, mon ami !

Barnum se jette sur Johnny à l'improviste : redevenu de taille normale. Réflexe : Johnny esquive et pare. Il vole à travers trois vitres et comme il s'écrase au pied d'une quatrième tous deux voient distinctement la Dame blanche, Elle…, qui les scrute un instant par-delà le miroir, plus vraie et plus présente qu'une vraie femme.

— Tu crois qu'elle est d'accord, Elle ?

Barnum retourne à Johnny un coup de talon dans la jambe gauche et disparaît derrière un canapé. Johnny court : il s'est dérobé. Déjà, Johnny l'entend qui court au-dehors.

— Nous revoici, mon petit Johnny !

— Vous m'avez bien étrillé la dernière fois, laissez-moi vous rendre la pareille…

— Pourquoi parais-tu si fâché, Johnny ? Ma dernière leçon ne t'a pas plu ?

— Foutaises, arrêtez de parler.

— Ah, les leçons… Mon petit Johnny. Reconnais quand même, maintenant qu'on se connaît bien, que tu n'as jamais été très studieux.

— J'apprends vite, c'est très différent. Et je sais lire dans le cœur des hommes. Le vôtre est pourri, jusqu'à la moelle…

— Il n'y a pas de moelle dans le cœur, mon p'tit Johnny. Tu le saurais si tu étais allé plus longtemps à l'école.

— Expression juridique, si vous préférez : vous êtes un vrai, putain de psychopathe. Vous avez monté votre cirque et dressé vos monstres pour votre petite jouissance personnelle, vous avez tué, vous avez trahi, vous avez trompé les gens et les lois de ce pays.

— Le Crime, Johnny ! N'oublie surtout pas de dire que je suis le Crime, Johnny !

— Vous êtes de la pire sorte des criminels. L'empathie même vous est inconnue.

— Rhooo, Johnny… Comme te voilà méchant et remonté contre moi… Et qu'est-ce que tu veux faire maintenant, hein ? M'arrêter ? Moi ? Et pour me donner à qui ?

— Votre compte est déjà réglé. Comme je disais : juridiquement, je vous remets au commissariat central, entre les mains du premier inspecteur.

— Mais sorti du juridiquement, tu vois ça comment ?

Barnum se retire de deux pas et découvre une grande nappe rouge qui masquait une table immense au centre de la pièce où ils se trouvent maintenant. Disposée en son centre, une merveilleuse maquette de chapiteau tourne sur elle-même dans une petite mélopée envoûtante sortie de sa base sculptée, une harmonieuse boîte à musique. Le toit de toute la pièce s'ouvre au même moment sur un ciel immaculé, seulement irisé d'étoiles et de vols stratosphériques.

Le cirque mécanique décrit deux ou trois tours, la boule à facettes en son sommet baignant toute la pièce de ses petits miroirs, puis il s'ouvre et tous ses battants se déploient en grand sur la table. Sous la boule qui continue de luire, le cirque tourne, grand ouvert, et Johnny aperçoit les acrobates, les animaux, les appareillages, les trapèzes et les filets entre d'élégants petits barreaux dorés.

— Veux-tu voir le sens de tout cela, fils ? demande Barnum d'un ton changeant.

— Que préparez-vous encore ? Le triste m'a mis au fait de vos affaires. Paraît que vous vous prenez pour le diable ?

— Ah, Johnny, si tu savais... Le don d'ubiquité, sais-tu, c'est bien le plus grand de tous !

— Et avec vos petits bonhommes de plomb dans cette représentation de vous, vous croyez parvenir à quelque chose ? fait Johnny s'approchant de la table, observateur. Vous vous imaginez vraiment faire toutes les conneries que le triste dit que vous faites ? Ou, entre nous, vous les persuadez juste en les embobinant beaucoup ?

— Le Verbe, Johnny, le Verbe..., soupire Barnum d'un œil soudain brillant. Vois-tu l'amour plus que la confiance que je te porte, Johnny ? Tu ne me crois pas ? Va… Bientôt, tu croiras. Regarde donc dans ce miroir.

Johnny regarde le miroir placé à l'autre bout de la pièce, s'aperçoit, voit la table, la boule à facettes qui scintille, voit Barnum, et la rotonde autour d'eux.

— Vous aimez bien les endroits circulaires, commence à plaisanter Johnny. Allez, trêve de conneries.

— Mais regarde mon ami, nous sommes déjà dans le miroir.

Johnny continue de regarder, avec beaucoup d'insistance. Il en rit poliment et Barnum rit aussi, de son rire long et terrifiant de loup que Johnny lui connaît si bien, la mâchoire acérée, les dents jaunes et les babines haletantes.

Johnny va pour le toucher à l'épaule quand Barnum envoie avec une vitesse folle sa canne en pleine face de Johnny.

Son masque vénitien en est cassé net, et déjà Barnum décrit un saut formidable vers les poutrelles de la toiture ouverte.

Johnny bondit sur les poutrelles et s'accroche à la redingote de Barnum. Lui se rattrape sur un éventail d'aluminium et envoie sa jambe dans le ventre de Johnny qui s'agrippe à deux croisées par-derrière.

Johnny tient le choc et assène à Barnum un coup aussi parfait que précis.

Mais même coupée, la tête du loup peut encore mordre. Barnum se traîne sur un sol changeant : tapis, plancher, geôle, prairie, galets…

— Johnny… Johnny ! Nous aurions pu faire de si grandes choses ensemble…

— Quoi donc ? fait Johnny.

— Ah… Tout ce que tu ne sais pas encore…

— Oui… J'en ai soupé, de toutes vos histoires de mystères et de belles promesses.

— Nous ne sommes pas si différents, Johnny ! Tu étais mon élève. Meilleur que moi, mais plus jeune… Pour la génération à venir !

— Vos lubies de surhomme… Mais désormais, je ne connais aucun surhomme, et certainement pas vous.

— Tu ne devrais pas jouer avec ton cœur, Johnny. À toujours te moquer de ton handicap… C'est la seule tare qui te reste, sais-tu ? De voir dans ta Révélation une catastrophe.

— Vous ne m'avez appris qu'à trahir : et je ne suis pas un traître.

— Moi je ne joue pas avec mon cœur, sais-tu ? Je t'aime, mon garçon ! Je t'aime !

— Comme vous avez si bien aimé les autres, évidemment…

— Quand on a le cœur trop grand, on se retient si souvent de le laisser s'ouvrir. Tu vois, moi j'ai appris à ne pas jouer avec mon cœur.

— Pour cela, vous n'êtes bien qu'un criminel.

— Les impies sont toujours les plus fragiles des hommes, Johnny !

— Et les salopards ? Les pervers ?

— C'est pareil ! Nous nous défendons d'être ce que notre cœur ne pourrait supporter qu'on soit. L'ordinaire, le normal… sont des choses bien affreuses en vérité. Le vulgaire, pouah ! Quelle misère du cœur et de l'esprit !

— Pourquoi donc alors avoir toujours vendu la laideur de vos sujets à tous ces petits voyeurs ?

— Je ne peux vendre que ce qu'on me demande ! Mais en faisant cela, je portais aussi mon fardeau.

— Lequel ?

— Celui de vous aimer, mes pauvres monstres ! D'aimer votre sensibilité blessée, de chérir vos nuits de cauchemars.

— Nos nuits de cauchemars ?

— Je sais ce que c'est… N'en doute pas. Chacun de vous soupire dans son sommeil, et appelle ce qu'il n'a pas. Vous autres monstres parlez tous en dormant… Comme des enfants, je vous ai tous veillés, réconfortés en prières pendant que vous luttiez contre vos démons oniriques !

— Pour mieux vous moquer ensuite. Pour mieux nous humilier devant les autres, pourtant secrètement pareils : seuls et misérables, que vous rendiez envieux et méchants.

— Toi quand tu dors, tu parles de ton camion…

— Mon camion ?

— Le char que tu conduisais dans le désert. Tu lui demandes de ne pas rouler sur la mine. Tu lui demandes de poursuivre, posément, le chemin de ta vie… On dirait que ce sont tes jambes, qui te demandent de faire ça. Parce qu'en même temps tu as mal, tu te contorsionnes sur tes moignons, et tu sens le couperet approcher.

— Le couperet ?

— Le grand boum, la bombe qui explose ! Tu demandes à tes copains de bien regarder les bords de la route. Ils n'ont pas l'air de t'écouter, et tu te mets en rogne, comme le petit chef que tu aimerais être au fond de toi. Tu fais ton petit chef mais la foule arrive autour de votre camion, et tu cries pour leur commander de reculer. Ils ne reculent pas. Ils n'ont pas l'air méchant, des femmes, des enfants. « Madame » tu leur dis, « n'approchez pas, c'est dangereux ! » Personne ne n'écoute mais toi tu sais ce qui va se passer, tu demandes à tes copains de t'aider, mais ils ne t'écoutent pas et le camion repart, manque d'écraser un gosse. Des gens hurlent, il part sur le côté, tu cries : Non ! Tu demandes à ton copain de se relever. Tu le vois, il est plein de sang, tu attrapes ses bras, tu les roules comme un corps que tu veux ressusciter, tu n'y arrives pas, tu cries, de désespoir, de colère ? Puis tu t'effondres, Non ! Non ! Non ! Mes jambes ! Mes jambes !

— Menteur.

— Presque chaque fois, tu t'éveilles en pleurs, en sursaut.

— Vous n'étiez jamais là quand c'est arrivé.

— J'étais là toujours, fils. Voilà pourquoi je sais bien ton chagrin, voilà pourquoi j'ai toujours su comment t'aimer. Depuis le premier jour.

— Vous mentez encore. C'est cet inspecteur qui avait raison : vous êtes irrécupérable…

— L'inspecteur ? Il est mort, pourquoi t'accrocher au souvenir d'un mort ?

— Je m'accroche bien à mes jambes…

— Alors que ça te donne de la force, fils. Et pas de la rancœur. Ça, c'est le chemin de la mort.

— Vous êtes : le chemin de la mort. Vous avez tué l'inspecteur. Vous avez encore détruit un pauvre bougre.

— Un agent du mal : un esprit « républicain » !

— Un représentant des forces de l'ordre.

— Un représentant de rien ! Quelqu'un qui t'aurait ensuite arrêté, mis derrière les barreaux en récompense de tes services rendus à la Nation ! Parce que tu continues à vouloir sincèrement rendre service, bougre de con !

— Il ne s'agissait même pas de Nation. Il s'agissait de Justice !

— La Nation t'a trahi en premier, fils. Elle t'a tout pris puis n'a pas voulu des présents que tu portais à son autel pour te faire pardonner d'elle !

— Il s'agit encore de justice. Vous voyez on ne parle décidément pas le même langage.

— La Justice : une idée malfaisante, pour les faibles et les fiévreux. Pas pour les surhommes : la Justice c'est La liberté de soi !

— La Justice relève du cœur. De ce qu'on ressent sincèrement en soi quand on voit ou qu'on commet le crime. Il est des choses qu'on ne peut laisser faire. Et vous avez commis des choses qu'on ne peut laisser faire. En commettant, vous ne vous regardiez même pas pour vous permettre de laisser faire. Vous êtes malade.

— Ton discours bien fou est digne de moi, fils ! Je te reconnais bien comme un fils spirituel. Rejoins-nous.

— Vous avez tout trahi, jusqu'à l'humanité qui est en vous. Et vous êtes seul. Cessez d'invoquer à tout bout de champ je ne sais quel comité de moralité surhumaine supérieure… personne ne vous suit plus.

— C'est vrai. Ils m'ont tous abandonné…

— Mêmes vos plus méchants monstres n'ont été que dressés par vous. Ils s'en sont allés, écœurés de vous et pénitents de se faire bien discrets. La police de la ville se chargera de les reprendre.

— Les pauvres, ce ne sont que des enfants. Sans moi… je ne peux pas leur en vouloir : le bonheur leur a promis la tranquillité d'une chambre d'hôpital.

— C'est assez de vous moquer encore. Venez.

— Jamais !

Barnum va pour frapper Johnny, d'une dernière force. Johnny pare. Ils se retrouvent nez à nez, si proches que Johnny voit le reflet de son reflet dans l'œil mauvais de Barnum. Un envers. D'une fulgurance, Johnny frappe à l'opposé de ce qu'il s'apprêtait à faire.

Barnum a un vague recul, entrouvre la bouche en silence, et saisit Johnny au col, avant de soupirer :

— … partirons ensemble pour la mort…

L'agrippant il glisse par-dessus ce qui paraît soudain un parapet. Johnny se rattrape au rebord et voûte de toutes ses forces son dos pour résister au poids de trois hommes.

— Crois-tu vraiment que c'était par accident ? fait encore Barnum, décidément increvable.

— Je ne veux pas vous tuer, répond Johnny.

— Alors, tant pis. Si tu ne veux même pas tuer le père…

Barnum va pour lui donner un autre coup sur le bras droit. Johnny esquive. Se faisant sa cape se déchire et emporte Barnum dans un ravin devant la mer.

Il le regarde s'éloigner, mi-terreur mi-rire aux lèvres, son œil brillant qui le fixe plus que tous les morts.

Passé le silence, une onde dans les jambes apporte à Johnny, très loin, la dimension de l'impact.

Adieux Johnny

Quand Johnny était au désert, il avait fini par comprendre qu'au fond, tout au fond, tout le monde se foutait de tout le monde.

Au départ, plein de jeunes types comme lui étaient venus parce qu'ils voulaient changer le monde. Enfin, c'est ce qu'ils disaient : parce qu'il fallait bien trouver une raison d'être ici, et que le hasard y avait été pour beaucoup. Le hasard y est, toujours, pour beaucoup. Barnum avait ce tort d'avoir trop raison : la vie a distribué les billes, démerdez-vous avec.

En réalité, les officiers se foutaient des troufions, et les troufions se foutaient des civils qui étaient pris entre deux feux. Les insurgés eux se foutaient aussi des civils. Pour eux, c'étaient des martyrs, des victimes utiles et pratiques pour leurs petits projets qu'ils appelaient un grand dessein. Pour les troufions comme Johnny, c'étaient des victimes, innocentes et passives devant la Liberté et le progrès qu'on était venu leur apporter. À grands coups de mitrailleuses.

Et pendant ce temps-là tout le monde racontait qu'il avait une mission à accomplir, tout le monde avait sa petite idée du monde. Mais en fait, chacun était son propre monde. Chacun voit midi à sa porte, regarde par ses lorgnettes, tout simplement.

Alors quand Johnny est revenu de la guerre, finalement tout ça ne l'a pas tellement dépaysé. Ici, tout le monde se fout réellement de tout le monde, et c'est là le grand filtre de la Liberté : personne ne s'en cache. Ce n'est même plus tellement question de liberté ou de foi, ou de chaîne TV ou d'équipe de Football. C'est juste question de vie. Le patron se fout des employés qu'il peut virer quand il en a marre de les payer. Les employés se foutent des patrons et des chômeurs quand ils ne peuvent plus payer leurs loyers. Le Noir se fout du Blanc, qui se fout du Jaune ou du Rouge. Le politicard aussi se fout des électeurs une fois qu'il a été élu.

La guerre, ça avait ça de bien que même la vie se fout de la vie. Vivant ou mort, y a que ça de Vrai. Et même quand les gens disent qu'ils vous aiment, votre mort est encore une occasion de faire la fête, parce que des fois vous valez plus mort que vivant.

Mais ce n'est pas parce que tout le monde se fout de tout le monde que Johnny aussi devrait se foutre de tout. Ce n'est pas parce que Johnny trouve ce monde pourri qu'il devrait devenir pourri comme lui. Il y a des choses qui ne se font pas : c'est sa grand-mère qui disait ça, paix à son âme. Elle était athée sa grand-mère, du genre qui a connu les conneries de la religion petite, et que ça a rendue d'autant plus morale.

Alors quand Johnny voit quelque chose de mauvais se faire, Johnny ne voit pas pourquoi il devrait passer son chemin. Il en a les moyens. Il les prend. Sinon c'est qu'il serait pour de bon revenu mutilé du désert. Ce serait qu'il aurait vraiment perdu l'illusion.

Même le fait que ce soit une illusion fait déjà que c'est réel. Ce que les gens prennent pour une torture intérieure, se soucier du malheur de son prochain, en fait est simple comme une envie. Tout ça pour ça. Tout simplement parce que Johnny prend son pied, et parce que ça doit être fait. Mutilé de la guerre, diminué ? Non : Johnny est un grand sportif. Leggy se dépasse.

***

Johnny dort.

— Johnny… Johnny…

Johnny se tourne et se secoue comme un doux vertige l’envahit. Il a le mal de mer, le sol tourne autour de lui, devant lui il fait plein soleil et la végétation verdoie sur les collines teintées de bleu.

— Johnny. Mon bonhomme tu ne m’en voudras pas, j’espère… Je vais devoir te quitter, un petit moment.

— Vous espériez autre chose ?

— Je n’espérais rien : tu as gagné en cette vie mon grand ! Bravo !

— Vous partez définitivement alors ? Mais où allez-vous ?

— Je ferai toujours un peu partie de tes démons Johnny, n’en doute pas.

— Mais êtes-vous mort ou vivant ?

— Dans le rêve, les deux mondes peuvent se rencontrer à volonté, Johnny. Dommage que si peu s’en montrent curieux : nombrilisme, toujours. Seuls quelques-uns savent que la vie, la mort… Tout cela est sans grande importance. Ce qui compte c’est la Dualité. Et celui qui a su entrouvrir la porte, ne serait-ce que dans le cœur d’un seul homme, Johnny… Celui-là est immortel, mon bon Johnny : au sens Véritable du terme.

— Nous ne nous reverrons plus dans le monde réel alors, c’est tant mieux !

— Tu ne me regretteras même pas un tout petit peu ?

— Vous étiez trop tyrannique en vrai… Ce pauvre idiot de Josh était perdu, et me faisait pitié. Je lui souhaite meilleur courage.

— Qui te fait croire que je ne puis être aussi puissant à la marge du monde ?

— Vous n'êtes que dans mon rêve, vous me l'avez dit vous-même. Il me suffit de me réveiller.

— Je peux encore faire peur, sais-tu ?

— Oui, et c'est pour cela qu'à jamais je serai honnête. Vous devez rester une ombre dans un placard. Quel dommage que le soleil brille autant pour votre visite.

— N'aimes-tu pas l'herbe et tout ce décorum que j'ai concoctés pour toi ?

— Oui, beaucoup. J'ai su à une époque que nos échanges iraient vers toujours plus de tristesse. Vous aviez beau avoir l'air d'un type rusé, vous sentiez toujours le renfermé, et je ne vous ai jamais vu payer pour quoi que ce soit.

— Tu m'en veux donc encore ?

— Même là, vous êtes mort et vous venez encore me déranger dans mes rêves pour me soutenir que vous serez toujours là, quelque part, tapi comme une envie… Vous m'offrez votre soleil, vos collines et vos herbages, vous voulez faire copain-copain après votre déconfiture. Il faut tout simplement que je cesse de penser à vous.

— Je ne suis pas si facile à oublier, sais-tu ?

— Ça, je le sais bien. Mais même si vous êtes vraiment d'une autre réalité, vous êtes prisonnier ici, et vous disparaissez lorsque je dis stop.

— C'est pour cela que nous aurons à jamais l'occasion de discuter.

***

Johnny est à présent chez lui. Mais pas seul.

Surpris et furieux :

— Qu'est-ce que vous voulez ?

— Bonsoir, Monsieur Rico. Vous me voyez ravi de faire votre connaissance.

Un grand Black, un immense manteau de cuir, un air insolemment détendu.

— Qui êtes-vous ?

— À vous tout seul, vous avez démantelé tout un imbroglio d'escrocs après qui nous étions depuis un petit moment. Cela est très bien, mais comprenez que vos anciens adversaires n'étaient pas dénués de certaines qualités… très particulières, auxquelles nous n'étions pas insensibles.

— Que voulez-vous ?

— Considérez-moi comme un ami.

— Et alors ? Vous me reprochez d'avoir cassé votre business ?

Le grand Black sourit.

— Hola, comme vous y allez… Vous savez, il n'y a bien que dans votre monde de super héros que tout est tout noir, ou tout blanc.

— Je ne joue pas aux super héros. C'est comme ça que vous me voyez ?

Avec ostentation, Johnny se détend dans son sofa.

— Vous n'avez donc pas peur de moi ? Vous vous êtes introduit chez moi… Vous cherchez une dérouillée ?

— Vous savez : vous n'êtes pas le seul super héros qui existe… Oh, mais pardon : vous le pensiez ?

— Je ne pense rien, je ne me suis jamais posé la question.

— Je représente un groupe d'intérêts extrêmement vaste et… diversifié.

L'inconnu pose une carte sur la table basse.

— C’est joli chez vous. Vous aimez très certainement vivre ici.

Tu m’étonnes : le penthouse d’une tour de 80 étages avec vue imprenable sur tout le New Jersey.

— Ça vous plairait de continuer à vivre comme bon vous semble ? Ça ne doit pas être donné un endroit pareil.

— C’est une menace ?

Le Black sourit.

— Pas du tout. Je suis en train de vous offrir du boulot. Quand vous vous sentirez près, appelez-moi.

Il tapote encore la carte sur la table et sort. Un instant Johnny reste interdit devant le carré de travers sur le verre luisant. Il s’en saisit et voit l’hologramme :

The SHIELD

Supreme Headquarters International Espionnage Law-enforcement Division

EXTRA Federal Agency

Imprimé en France
Achevé d'imprimer en décembre 2021
Dépôt légal : septembre 2021

Pour

Le Lys Bleu Éditions
40, rue du Louvre
75001 Paris